「……つーか、感想とか、ないの」
波須沙子《はすさこ》
過去のいざこざも解消され、amaneに加入した小沼の幼馴染。不愛想だが実は優しいベースプレイヤー

市川天音《いちかわあまね》
元天才シンガーソングライターのamane。小沼たちのおかげで歌うことができるようになった

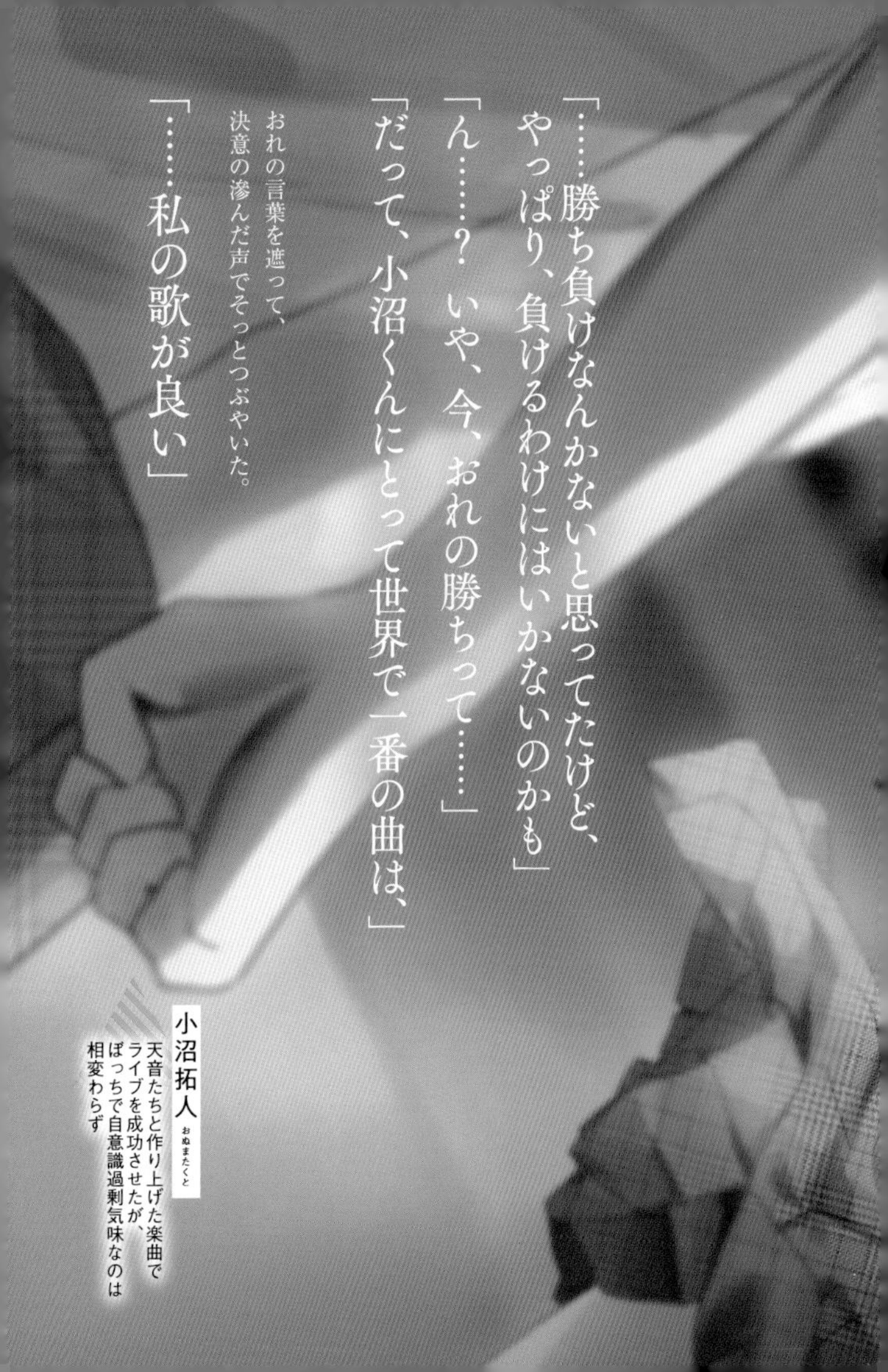
「……勝ち負けなんかないと思ってたけど、
やっぱり、負けるわけにはいかないのかも」
「ん……？ いや、今、おれの勝ちって……」
「だって、小沼くんにとって世界で一番の曲は、」
おれの言葉を遮って、
決意の滲んだ声でそっとつぶやいた。
「……私の歌が良い」
小沼拓人《おぬまたくと》
天音たちと作り上げた楽曲で
ライブを成功させたが、
ぼっちで自意識過剰気味なのは
相変わらず

「……私はもう、自分の気持ちには嘘はつかない」

そして、一度、深呼吸をする。

「歌うべきことじゃなく、
歌いたいことを歌うことにします」

そして、そっとこちらに振り返った。

「……私、歌うからね」

そう、肉声で言われて、
おれと沙子は、しっかりとうなずきを返す。

「それでは、聴いてください」

そして、すぅー……っと息を吸って、
その曲名を宣言する。

「……『あなたのうた』」

宅録ぼっちのおれが、あの天才美少女のゴーストライターになるなんて。2

石田灯葉

角川スニーカー文庫

23023

00 : 02

CONTENTS

宅録ぼっちのおれが、
あの天才美少女の
ゴーストライターになるなんて。2

口絵・本文イラスト：葛坊煽　デザイン：AFTERGLOW

★★★★★★★★★★★

目次

intro：青と夏

窓の外から聞こえる、自転車のベルと、小学生のはしゃぐ声と、セミの鳴き声。

テレビから聞こえる、新幹線の混雑情報と、高速道路の渋滞予想と、熊谷《くまがや》の最高気温。

うしろから聞こえる、冷凍庫の引き出しが閉まる音と、棒アイスを噛《か》む音と、妹の呆《あき》れ声。

「たっくん、夏休みなのに一回も出かけてなくない？」

「そうなあ……」

冷房のよく効いたリビングのソファで、突きつけられた事実に腑抜《ふぬ》けた返事をする。

終業式の日にあった、あのロックオンから二週間以上が経《た》った。

8月に突入しているにもかかわらず、おれはただの一度も地元・一夏町《ひとなつちょう》から出ていない。

『おれはもう、ぼっちでもない』とかカッコつけてたくせに、強制的に人と会わされるシチュエーションがなくなってしまったらこのザマである。

「元通り以下だな、これじゃ……」

ため息をついたその時、テーブルに置いてあったおれのスマホが震え出す。

「たっくん電話ー」

「言われんでも分かってる」

答えながら画面を覗《のぞ》き込んで、「ん……!?」と、つい声が漏れた。

「どしたのー？」

「あ、いや、別に……」

なんとなくスマホを隠しながら、そそくさとリビングを出て自室に戻る。

突然汗が噴き出てきたのは、今通ってきた廊下が蒸し暑いせいか、それとも、画面に表示された二文字の名前のせいか。

左胸を二、三度ポンポンと叩《たた》きながら深呼吸してから、そっと通話ボタンを押した。

「……はい」

『も、もしもし！　小沼《おぬま》くんのお電話でしょうか？』

「……小沼の電話ですけど」

電話の向こうでほっと息をつくのが聞こえる。

『出てくれて良かった……。えーっと、ご無沙汰してます……かな？』

可愛《かわい》らしさを持ちながらも透明感のある、電話越しでもよく通る声が、鼓膜を震わせた。

「……ああ」

久しぶりに会話していることがなんだか照れくさく、二週間ぼっちのことを『久しぶり』だなんて思ってしまっていることにも気付いて重ねて恥ずかしく、つい、反応が下手くそになってしまう。……いや、反応が上手だったことなんてないんだけど。

電話の相手は、市川天音《いちかわあまね》。

元天才美少女シンガーソングライターａｍａｎｅであり、夏休みに入る直前の校内ライブでおれがドラムを叩いたバンドのギターボーカルであり、2年6組のクラスメイトである。

『えーっと、今、大丈夫かな？　何してるとこ？』

「……電話」

『そ、それは分かってるよ!?　えーっと……元気、ですか？』

「……体調は悪くない」

『元気ってこと、かな？』

「……まあ」

閉じっぱなしになって埃《ほこり》を被《かぶ》り始めているパソコンを横目に、おれは答える。

『そっかあ、それは良かった』

「うん……」

無言。空白。遠くから市バスが発進する音が聞こえる。

最低限のあいづちしか打てないおれに、さすがの天使もかける言葉を失ってしまったみたいだ。反抗期の中学生みたいになっている自分が恥ずかしくなり、こほん、と咳払《せきばら》いをする。

「……それで、突然どうした？」

『あ、そうだった。小沼くんの声久しぶりに聴けて、満足しちゃうところだった』

えへへ、とはにかむような笑い声が聞こえる。

『あのね、小沼くん、夏休みどうしてるかなって思って』

「どうもしてないなあ……。ていうか、何もしてない」

『あはは、そうなんだ。えーと、じゃあ、その……』

電話の向こうで、息を整える音がした。

『……近々、空いてる日とかって、あるかな？』

「あ、空いてる日？」

突然の申し出に声がひっくり返ってしまう。

『うん……今週中、とか。出来れば早い方が嬉《うれ》しいんだけど』

「い、いつでも空いてはいる、けど……」

『ほんと？　明日でも大丈夫？』

その声がぱあっと明るくなる。

「う、うん。……え、何？」

『実は、会って話したいことがあるんだ』

「会って、話したいこと……？」

ふと、夕陽《ゆうひ》に照らされたハの字眉の笑顔が浮かぶ。

「それってどんな……？」

『……うん。私にとっては、すごく大切な話。それでね、』

市川は小さく咳払いをして。

『小沼くんにとっても大切な話だと思ってくれたら嬉しいなって思う』

「おれに、とっても……？」

『……だから、直接話したいんだ』

「そ、そうなのか……」

……そのしっとりとした声音に、ロックオンのあとの夕暮れの教室でのやりとりを思い出していた。

＊＊＊

「小沼くんは、私の憧れなんだ」

「……え？」

素っ頓狂な声が漏れたと同時、いつの間にか市川の両手に包まれた自分の右手を見て、心身ともに硬直する。

憧れ……？　何それどういう意味？　え、なんでおれ市川に手を握られてるんだっけ？

動揺しまくるおれのことを見かねたらしい市川が、小首をかしげる。

「……これ、小沼くんの真似《まね》だよ？」

「おれの真似……？」

いやいや、おれがこんなあざといこと出来るわけないだろ、何言っちゃってんの？

「というか、小沼くんの方がひどかったよ。私をいきなり下の名前で呼んでさ……」

「そ、それは……！」

そこまで言われて、何をなじられているのか、やっと思い当たる。

それはきっと、市川と初めて話した6月のあの日、ａｍａｎｅの曲をいつかもう一度歌ってくれることを条件に市川におれの曲を渡すことを約束した時のこと。

『ａｍａｎｅは、おれの憧れなんだ』

たしかに、おれはそう言った。

自分のしでかしたことをなぜか強制的に実感させられて、思い出し恥ずかしさで顔が熱くなってくる。いや、だから、アドレナリンが出まくっちゃっただけで……。

「……ていうか、あの『アマネ』は市川の下の名前じゃなくて、アーティスト名としてのａｍａｎｅだったし……！」

「そう、かも、しれないけど……」

おれの指摘になぜか耳を赤くした市川は一度伏し目がちになってから、

「じゃあ、小沼くん、……さっきのは？」

と、上目遣いでおれを見つめてくる。

「さっきの……？」

おれ、また何かやっちゃいましたか……？

「うん、さっきの……ライブの時。『わたしのうた』の歌い始めの時にも、あの……『あまね』って言ってなかった？」

「ん……？」

つい1時間程度前のライブを思い出し、そして。

『天音！』

「………‼」

脳みそがボン、と音を立てて煙を上げた。

言ってたね、言ってたわ、言ってました！　しかもそれは、『ａｍａｎｅ』じゃなくて……！

いや、でも、それを今認めるわけにもいかないだろ……！

「……え？　そうだっけ？」

「うん、言ってたよ？」

必死にとぼけるものの、即答が返ってくる。

「……聞き間違いじゃなくて？」

「うん、聞き間違いじゃなくて」

なんでそんなに自信があるの市川さん。そういうところ、本当にかっこいいわ……。

「いやー、どうかなー……」

「……小沼くん、ごまかそうとしてる」

「ごまかす、っていうか、その……」

ジト目の上目遣いで唇をとがらせてくる。そして、右手はまだ、包まれたまま。

「私、嬉しかったのに」

「いや、そう言われても……」

「……嬉しかったのに」

重ねて言われて、おれもため息と共に白旗をあげる。

「……あの時は、必死だったんだよ。歌えそうなのに歌えなくなってるところ見て、他のことは何にも考えられなくなったっていうか……」

いやまあ、必死になると下の名前を呼ぶ意味はさっぱり分からないんだけど。なんなんだろう、背中を押そうとしたらそうなったっていうか……。

おれが心の中で誰にかは分からないが言い訳をしていると、「そっか……」と市川が唇をもにょもにょさせている。

「……市川？」

「……また市川って言った」

呼びかけるとせっかくゆるんでた頬《ほお》がまた引き締まった。いや……。

「だって、市川の名字は市川じゃん……」

「そうだけど……。でも、それじゃ、これからは、」

市川が口を開くと同時。おれのスマホと、市川が机に置いていたスマホが震えた。

由莉《ゆり》《天音、小沼、まだ？》

波須沙子《はすさこ》《剥《は》ぐよ》

バンドメンバー二人、作詞家の吾妻《あずま》由莉とベースの波須沙子からＬＩＮＥが届いている。

確認してから互いに目を見合わせたあと、バッと目をそらして、身体《からだ》も離れた。

市川も我に返ったらしい。良かった。良かった……ですよね？

「待たせちゃってるし、行こっか？」

市川のはにかんだ笑みに、おれは、

「そうなあ……」

と、またどうしようもないあいづちを打つことしか出来なかった。

＊＊＊

『それじゃあ、また明日、よろしくね！』

「お、おう……」

明日についての事務的な連絡を終えた後、市川が電話を切った。

過去の映像に気を取られていて、そのあとの言葉はうまく頭に入ってこなかったが、机の上に置いてあったノートに右手が走り書きした内容を読んでみると、

『明日　12時　学校のスタジオ　制服着用』

ということらしい。

「……よし」

おれはそっと立ち上がり、シワになってないシャツを探して、クローゼットを開けた。

Track 1：バウムクーヘン

翌日。

「9月の学園祭に出たいです！」

「ああ、そうなんだ……」

瞳を輝かせる市川《いちかわ》とは対照的に、おれはぐったりしながら答える。

「小沼《おぬま》、何その気の抜けた返事。夏バテ？」

「うちは幼《おさな》馴染《なじみ》だから知ってるけど、拓人《たくと》は家が冷房強めだから、夏に弱いんだよ。うちは幼馴染だから知ってるけど」

「え、そうなの？　小沼くん、大丈夫？」

「……大丈夫です」

……学校のスタジオが集合場所になっていた時点で気付くべきだった。

約束の12時ギリギリにスタジオに着くと、おれだけではなく、バンドメンバー全員が集められていた。吾妻《あずま》には「小沼、５分前行動！」と叱られる始末だ。

いや、別に、市川と二人で大事な話をされることを期待してたわけじゃないんです。本当です。どちらかというと、ほっとしてるくらいというか……。

でもそれなら、バンドのＬＩＮＥグループに送ってくれれば良かったのに、と聞いてみたと

ころ、

「由莉《ゆり》と沙子《さこ》さんは部活で毎日登校してるの知ってたから！　二人とも部活のお昼休みだったら時間作れるって、昨日、学校に練習しに来た時に直接聞いてたんだ。それで、あとは小沼くんだけだったんだよ」

思ったよりも筋が通ってる答えが返ってきた。昨日市川は学校から電話してきてたらしい。

「それで……学園祭？」

勘違いを自分で思い返すとまた顔が赤くなりそうなので、とりあえず話を戻す。

「うん、学園祭！　出るなら、そろそろ準備始めなきゃいけないなって」

「部長だとやっぱり、出ないと怒られたりするもんなの」

沙子が質問する。

「うーん、それもなくはないんだけど、ちょっと別の理由も出来てね」

「別の理由？」

うん、と市川はうなずいて、顔をきゅっと引き締めた。

「実はね、私のデビューしてた時のマネージャーさん……有賀《ありが》さんって言うんだけど、その人から昨日の朝に連絡があって。学園祭に来てくれるって言ってたんだ」

「え？　まじで？」

「うん。有賀さんも武蔵野国際《むさしのこくさい》の卒業生なんだよ。というか、いつか聞いた有賀さんの高校時代の話がすっごく楽しそうで記憶に残ってて、それで私はこの高校を受けたんだけど」

「ほおー……！」

まじか、ａｍａｎｅの昔のマネージャーさんか。ａｍａｎｅの才能を発掘した人、ということになるのだろうか？　すげえな、サインもらおうかな……。

本題よりもまだ見ぬ有賀マネージャーに気を取られているおれを放って、吾妻が挙手をする。夏休みに入っても、挙手ルールは健在らしい。

「はい、由莉」

「その、有賀さんって人は、ａｍａｎｅの再デビューのために観《み》に来るの？」

「うん、そうみたい。『歌えるようになったって風の噂《うわさ》で聞いたよ！』って言ってたし。というか、風の噂って何だろうね？」

「いや、うちらに言われても。自分で聞いといてくれないと」

沙子さん、ぐう正論。

「じゃあ、それってつまり、実質的に、学園祭のライブが再デビューのオーディションになるってことだよね？」

「うん……！　それもあって、頑張りたいなって」

市川がいつになく真剣な表情をして、胸元で両手の拳を握り込む。

そんな彼女を見ながら、おれの頭に一つの疑問が浮かんだ。

いや、正確に言えば、別に今降って湧いた疑問じゃない。夏休みに入ってからずっと頭の片隅で考えていて、それでもその答えを聞くのがなんとなく怖かったことだ。

「……はい」

そっと挙手をしたおれは、一息に尋ねた。

「……市川は、曲が書けるようになったのか？」

静かなスタジオに、吾妻と沙子がひっそりと唾を飲み込む音が響く。

それほどまでにデリケートで、かつ、重要な質問だった。

この間のロックオンで、自分の曲を歌うということ自体が出来るようになったのは確認している。それだけでも十分な成果だと思う。

ただ、もし学園祭のステージがそういった意味合いのものになるなら、市川が新しい曲を作れるかどうかは重要だ。過去の曲だけを披露しても、再デビュー出来ると判断されるとは思えないし、もし出来たとして、またすぐに活動を休止せざるをえなくなってしまうだろう。

おれが恐る恐るしたその質問に、市川は、真剣な顔でこちらを見返し。

……そして、しっかりとうなずいた。

「……曲は、もう、出来たんだ」

その言葉に、スタジオの空気が弛緩《しかん》する。

「へえ……！」

「良かったあ……！」

沙子が珍しく感嘆の声をあげ、吾妻が瞳を輝かせて微笑《ほほえ》んだ。

「……そっか」

そして、おれは、その事実を静かに飲み込む。

……ずっと夢に見ていたことが、ついに実現したらしい。

そして、そのきっかけは、きっと、あのロックオンだろう。

amaneの再開の瞬間に立ち会えて、次の一歩を踏み出すサポートが出来たことの喜びを感じ、感涙でむせび泣くべきシーンだ。

……本来なら。

「そしたら、その曲、聴かせてもらってもいい」

沙子がそっと尋ねた。

「……今、かな?」

「は。だからスタジオに呼んだんじゃないの。楽器も持ってきてさ」

「う、うん。それはそうなんだけど……」

市川がおれの方をちらっと見て、恥ずかしそうに視線をそらした。

「ちょっと、小沼くん、むこう向いてて……」

「え、なんで……?」

「な、なんでも……!」

わけも分からないまま、首をかしげて壁の方を向くと、コホン、と咳払《せきばら》いが聞こえる。

ギターのチューニングを終えてから、ふぅーっと息を吐き、すぅーっと息を吸う。

背中越しのamaneの歌い始めの儀式に、胸がざわつく。

……そして。

「『ラ……ラララ』……」

市川がかすれた声で、歌い始めた。

「おお……」

思わず声が漏れる。

最初の方、少し言い澱《よど》むみたいに始まったのは、やっぱり自分の曲を歌うことのリハビリがまだ出来きっていないからだろうか。

「そう、かあ……」

やっぱり、ａｍａｎｅの曲はめちゃくちゃ良いなあ……と、おれは奥歯で嚙《か》み締《し》める。

爽やかで切なくて儚《はかな》くて綺麗《きれい》な4分くらいが過ぎ、やがて、ジャーンというストロークと共に曲が終わった。

「……良い曲だね」

「すごい、ａｍａｎｅ様の新曲だ……！」

沙子が珍しく素直に褒めている。吾妻は普通にぼろぼろ泣いてる。

「うん……良かった」

おれも振り返り、二人に続いた。

「えへへ、ありがとう……」

市川は照れたように笑ったあと、その表情に影を落とす。

「でも……曲だけ、なんだ」

「曲だけ……？」

「実は、歌詞が、その……まだ、なんだ」

落ち込んだトーンで告げられたその言葉に、おれの心のどこかが強く反応した。

「そう、なんだ……」

「うん……」

吾妻の言葉に市川がうなずく。

「いや、ていうか、その曲出来たのいつ」

少し重くなりそうな雰囲気に、沙子が呆《あき》れたような声を差し込んだ。

「んーと……あのロックオンの次の日、かな？」

すると沙子が盛大に「はあ……」とため息をつく。

「まずその時に連絡して欲しかったんだけど。まあ、それは一旦おいといて、」

「さこはす、連絡して欲しかったんだ……」

「ゆりすけ、うっさい」

沙子にギロリとにらまれて吾妻はおどけるように肩をすくめた。

「……それは一旦おいといて、曲出来てからそんなに経《た》ってないじゃん。それくらいの間、歌詞書けなくても普通なんじゃないの。どうなの、ゆりすけ」

「んー、あたしは曲にちゃんと歌詞付けたのって『平日』が初めてだったから、普通っていうのがよく分からないけど、まあそんなに時間がすごいかかってるって感じもしないよね」

「そっか……時間的には、そうなのかな。そうかも、だけど……」

市川の答えがなんだか煮え切らない。

「まあなんにしても、市川さんが納得いくまで書いてみるしかないんじゃないの」

沙子がふん、と鼻を鳴らして、

「……別に、うちらは待ってるし」

と、付け足す。

「そうだよね……うん、納得できるのを書ければいいんだもんね。やってみるね。ありがとう、沙子さん！」

その言葉に、市川が笑顔を取り戻した。

「さこはす、もしかして今、デレた？」

「ゆりすけ、ぶつよ」

吾妻が沙子の視線を楽しそうにかわして、挙手をする。

「そういえば、学園祭って、何曲出来るの？」

「持ち時間が準備も込みで20分だから、MCでお話するのも考えると3曲かな」

「そしたら、学園祭のセットリストは、市川さんの新しい曲と、あとは拓人とゆりすけにも作ってもらって、その2曲と『わたしのうた』か『平日』のどっちかって感じ」

「うん、そうだね！」

沙子の質問と、それに答える市川。

……これ以上話が進むと、まずい。

「それなんだけどさ、」

おれは、なるべくなんでもないことに聞こえるように、そっと言い放つ。

「曲、おれが作る意味あるか？」

だが、その目論見《もくろみ》は見事に外れて、スタジオの空気が固まってしまう。

「……え？」

やがて、市川と沙子が異口同音に沈黙を破った。

「何言ってるの、小沼くん……？」

そんな中、吾妻だけは真剣な顔でこちらをじっと見つめている。

「……一応聞くけど、この期《ご》に及んで『おれは一回だけって約束でドラムを叩《たた》いたから』とか言いたいわけじゃないよね？」

「……そうじゃない」

いや、正直言うとそれを盾にしようかとも思ったけど。

でもおれだって、別に演奏自体をしたくないと思ってるわけじゃない。ａｍａｎｅの再デビューがかかっているっていうなら、なおさら、それを支えたいとも思う。……ただ。

「いや、ほら、もともとおれは市川が自分の曲をもう一回歌えるようになるために『平日』を渡したわけだろ？　それで、市川は歌えるようになったし、しかも曲も作れるようになったんだったら、もうおれが曲作る意味なくないか？　市川が作った曲をやればいいじゃん。歌詞も、久しぶりだから頭がなまってるだけで、きっとすぐに書けるようになるだろうし」

おれの口から、どうしようもない言葉がつらつらと吐き出されていく。

……そんなの、言うべきことでも、言いたいことでもないはずなのに。

「もともと、おれの曲なんか、市川の曲のリハビリ用のスペアでしかないんだから」

そう言い捨てて、ふと顔を上げると、市川の顔が赤くなっていた。

「どうして、そんなこと言うの……⁉」

「拓人、どうしたの」

「どうした、って……」

怒り出しそうな市川を遮って、沙子が真剣な表情でおれをじっと見据える。

「今のは、拓人の本心じゃない」

「本心だって……」

「……うちのことは、騙《だま》せない」

幼馴染《おさななじみ》の痛いほど鋭くて、まっすぐで、そして気遣わしげな視線に、つい、身がすくんだ。

「拓人は、もう、曲を作りたくないの」

……まあ、遅かれ早かれ、白状することか。

市川が大切な歌を歌う前みたいにすぅーっと息を吸う。

「作りたいとか作りたくないとかじゃなくて、」

そして、おれは告白する。

「……おれ、曲が作れなくなったみたいなんだ」

＊＊＊

おかしいな、と思ったのは、ロックオンの翌日、夏休みの初日のことだった。

朝起きたおれは、いつもと同じように、寝ぼけまなこのまま、ギターを手に取る。

テキトーに弾いた音から曲作りを始めるのが、休日の日課のようなものだった。

どんなコードで始めようか。数秒だけ逡巡《しゅんじゅん》して、結局、左手をCの形に押さえて、弦と弦の間に挟んでいたピックを取り出して音を鳴らした。

……はずだったのに。

「は……？」

そのギターからは、『音階』が無くなっていた。

もはやその音はドでもミでもソでもない。

重たいコップを机の上に置く音、追いかけてくる秒針の音、誰かの足音。

そんな音と同じ、メロディにならない『ただの雑音』になってしまっていた。

別のコードを押さえて試してみるが、さっきと何も、変わらない。

チューニングをし直してみても、アンプに繋《つな》いでみても一緒だ。おれの弾くギターからは、和音ではなく、ただの無機質な音の羅列が同時に鳴っているだけだった。

他の楽器でも状況は同じ。ピアノを弾いてみても、ベースを弾いてみても、音階がない。

唯一ドラムだけは、もともと音階の重要性が低いからか、以前とほとんど変わらずに扱うことができるみたいだったが、他は完全にダメだ。

おれは、もう一度、口にして確認する。

「おれの耳から、音階がなくなった……？」

＊＊＊

「それで、曲が作れなくなったって……」

市川と沙子が気遣わしげにおれを見つめる。吾妻はその横で、口をへの字にしていた。

「それじゃあ、さっき私が歌った曲も音階がなく聴こえてたの？　その、なんだろう……お経みたいな感じで……？」

おれは首を横に振る。

「いや、自分の演奏以外はしっかり普段通りに聴こえる。自分が鳴らした音だけが、音階がなく聴こえるって感覚だ」

不安そうにしている市川がなんだか気の毒で、

「市川の曲は、ちゃんと、良い曲だったよ」

と、しっかり伝えた。

「そんなこと、今言わなくったっていいよ……！」

市川が瞳を潤ませておれを見る。

「拓人、原因は分かってるの」

「いやー、それが、なんというか……」

「ま、難しいよね」

言い淀《よど》んでいると、吾妻が助け舟を出してくれた。

「……なんだろうな。ロックオンでライブして、みんなが感動してくれて、拍手もらって……、なんだろう、燃え尽き症候群みたいなことなのかな」

「そっか……」

再びスタジオ内に重たい空気が流れ、おれは慌てて自分の胸の前で手を振る。

「……いやまあ、大丈夫だよ、きっと。まだ、ロックオン以来こうなってるってだけだから。ほら、市川だって同じくらい歌詞書けてないわけだし。……すまん、曲を作れないかもなんて大げさに言いすぎた」

同情でも引こうとしたんだろうか。くだらない。

「ていうかほら、別におれが書かなくても学園祭はできるだろ？　3曲でいいならさ」

沈みかけた雰囲気を撤回するようにおれはなるべく明るい声を出す。

「……そういうことじゃないでしょ」

でも、沙子がつぶやいたその一言は、ぽとり、と黒いインクみたいに一滴垂らされ、じわじわと、でも確実に、スタジオ内を濁った色に染め上げていった。

「……ねえ、小沼くん」

やがて、市川がそっと口を開く。

「小沼くんは、どうしたい？」

その真剣な表情に、いつかの夕暮れの教室の市川が、

『私ね、本当はまた歌えるようになりたいんだ。伝えたいこととか、形にしたいこと、たくさんあって……』

いつかの帰り道の市川が、重なった。

『小沼くんは、何を音楽にしたいの？』

「おれは……」

「……もう一回、曲、作れるようになりたい？」

その表情を見てハッとする。

……そうか、市川は、一度これを経験してるんだ。

そして、それを乗り越えた彼女からしたら、『今出来るかどうか』は二の次で、『やりたいかやりたくないか』の方が重要だということなんだろう。

「……よく、分からない」

だからこそ、おれはその場しのぎの色良い答えを返すことが出来なかった。

「自分で曲を作りたいのか。作れるようになったとして、どんな曲が作りたいのか……」

ポツリポツリと、一言一言、こぼすみたいに、落とすみたいにつぶやく。

おれは、何がしたいんだろう。

……そもそも、なんで作曲なんかやってたんだっけ？

「分からないなら、作ってみるしかないよ」

思考の沼に、光が一筋差し込む。

「……え？」

「このまま、分からないままやめちゃったら、逃げたみたいな気持ちになって、それで終わっちゃうと思うんだ」

天使のように微笑《ほほえ》んで、市川は続けた。

「それに、もし私があの時に、あのまま歌うことも挑戦することもやめてたら、小沼くんにも、みんなにも出会えなかった。でしょ？」

「そう、だな……」

「小沼くん、私はね、」

彼女は、すぅーっと息を吸って、

「小沼くんの新しい曲が聴きたい」

そのまっすぐな瞳でおれをとらえた。

「……小沼くんの曲が、好きだよ」

その言葉に息を呑《の》む。

「……うちも」

すると、沙子が横からつぶやく。

「うちも、拓人の曲を演《や》りたい。つーか、市川さんよりもうちの方が拓人の曲を演りたい」

「……沙子さん、その後半のコメント要るかな？」

「なんか、市川さんのペースになってるのがむかつく」

沙子がぷいっとそっぽを向いた。

吾妻はその脇でおれを見て、ほろ苦そうに微笑んでうなずく。

「……ａｍａｎｅ様は、容赦ないね」

市川は沙子に『もう～……』と、苦笑いしてから、おれの方に向き直った。

「ねえ、小沼くん、どうやったらいいかは分からないけどさ、」

市川は、コホン、とわざとらしく咳払《せきばら》いをして、

「『遠い未来でもいい。いくらでも待つ。だから、』」

いつかの誰かみたいな口調で語り始める。

……よく、一言一句覚えてるな。

「小沼くんの曲を、私に歌わせてくれないかな？」

ハの字眉でそっと微笑む市川は、なんだかすごく綺麗《きれい》で。

「お、おお……」

見惚《みと》れながら生返事をしていると、市川のほっぺが強く引っ張られる。

「え、ちょ、ちょっと、沙子さん⁉」

「二人の世界に入ろうとすんな」

「そんなことしてないってば！」

じゃれあう二人がスタジオの空気を明るく変えてくれた。

「そしたらさ、小沼くん、競争ね！」

市川が沙子の手から逃げて、おれの目の前でニコッと笑う。

「……競争？」

「私が歌詞を書けるようになるのと、小沼くんが曲を書けるようになるの、どっちが早いか！」

「……うん。そう、だな……」

まだ、それが正しいか、それをすべきなのか、分からない。でも。

『分からないなら、作ってみるしかないよ』

そう言われたら、返せる言葉なんか、何一つなかった。

「ａｍａｎｅは、容赦ないな……」

諦観と高揚感を足して２で割ったような難しい感情に、妙な笑みがこぼれる。

「そうやって、最後の最後は自分が持ってこうとするところがむかつくっつってんの」

「……え、ちょっと、沙子さん、本当に痛い！　小沼くん、助けて！」

Track 2：ハッピーエンド

四人での話し合いが終わって13時。

沙子《さこ》と吾妻《あずま》がスタジオを出て行く時、おれのスマホが震える。

由莉《ゆり》《今日の夕方空いてる？》
由莉《あたしの部活終わったあと、話したい。場所は、吉祥寺《きちじょうじ》で大丈夫だから》

なんで直接言わないんだよ？　とスタジオの出口を見ると、吾妻が人差し指を唇にあてて、ウィンクをして去っていった。危ない危ない、秘密のメッセージについ「えっ？」って声をあげて叱られちゃうところだったわ……。

ていうか、だとしても『場所は、吉祥寺で大丈夫だから』ってなんだ……？

「小沼《おぬま》くん、どうかした？　誰かからＬＩＮＥ？」

「いや、まあ、そんな感じ……」

二人きりになったスタジオで、妙に目ざとい市川《いちかわ》から反射的にスマホを隠す。

「……どうして隠すの？」

「いや、別に……？」

目をそらしてごまかしていると、市川が眉間にしわを寄せて首をかしげた。

「……ねえ、LINEする相手、私たち以外にいないって言ってなかったっけ？」

「な、夏休みに入ってもう結構経《た》ってるから、その限りではないというかなんというか……」

いいや、実際はその限りっていうか、LINEする相手はバンドメンバー限りなんだけど。しどろもどろになるおれの顔を市川がジト目で覗《のぞ》き込んでくる。

「……他にLINEするほど仲良い友達出来たの？」

「友達は出来てないけど……」

「じゃあ、友達じゃない関係の人が出来たの？」

……いつの間にか目と鼻の先にいる市川に動悸《どうき》が激しくなる。ちょっと、久しぶりに近いです市川さん……。

「べ、別になんでもいいだろ？」

「む……！」

じりじりと後ずさりしながらごまかすように口にすると、何にダメージを食らったのか、市川が不満げに顔をしかめながら姿勢を元に戻した。

「それは、そうかも、しれないけど……」

そして、頬《ほお》を膨らませる。

「小沼くん、久しぶりに会えたのに、なんか……」

「なんか……？」

「……もういいよ、分かったよ」

何を分かってくれたのか分からないというか、市川の表情から本当は分かってないことが分かったけど、とりあえず話をそらすとしたらこのタイミングしかない気がする。

「ていうか、この後ってどうする？　帰るか？　おれたち二人で練習できるものでもないし」

と、水を向けた。吾妻の部活が終わるまでの過ごし方を考えないといけないしな。

「ん……それなんだけど、さ」

すると、さっきまでとは一転、妙に緊張した感じで両手の人差し指同士をいじいじしながらこちらを見てくる。なんだその二次元の美少女じみた仕草は。

「えっと、小沼くんって、このあと、その……用事とかある？」

「ああー、えっと……夕方までは暇だけど」

その夕方の用事もたった今入ったばかりだけど。

「そっか、私も夕方には家に帰らないとだからちょうどいい、かな。そしたらさ……」

市川はもじもじと言い淀んでから、上目遣いで、意外な依頼をしてきた。

「……私と、マックに行ってくれないかな？」

「マック……？」

ということで、市川さんと一緒に吉祥寺にやってきました。

……いや、ていうか、もしかして吾妻はこれを見越して『場所は、吉祥寺で大丈夫』って言ったのか？　ねえさんは本当に底知れないな……。

「それで、なんでマック？」

「んーと、歌詞のために必要な気がする、というか……」

「歌詞のために？」

おれが首をかしげると、市川はこくりとうなずいた。

「『平日』の歌詞に、『帰りのコンビニ』とか『夕暮れのベンチ』ってあるでしょ？　あれを歌いながら、私、小沼くんと一緒に帰るようになるまでどっちも経験したことがなかったなあって思ってたんだ」

そこまで言って、少しはにかむ市川。

「……小沼くんとが、初めて」

なんで言い直したし……。

「それで、小沼くんと体験してなかったら、私はあの曲を実感を持って歌えなかったし、自分であの歌詞を書くことなんて、とても出来ないと思うんだよね。だから、もっと、いろんなことを経験しておきたいなって」

「なるほど……」

……吾妻は市川に持ってないものを持ってるんだな。

不意に影がさしたおれの心なんて知るよしもない市川は、照れたようにこちらを見てくる。

「それで、やっぱり、放課後のマックって、定番なんだよね？」

「いや、おれに女子高生の定番を聞かれても……。男子高校生の定番も分からないのに」

「でも、小沼くん、英里奈《えりな》ちゃんとよく行ってるじゃん。二人で」

拗《す》ねたように唇をとがらせて、おれの顔を覗き込んできた。

「……二人で」

「ああ、うん……？」

いや、だから、なんで言い直したし。聞こえてるよ？

「それで、学校帰りのマックを体験してみたいってことか？」

「うん。それもだし、私、そもそも、マック行ったことないんだ」

「え、まじで？」

「うん」

……そうだった、市川はコンビニで買い食いをしたことがないほどの箱入り娘なんだった。

親御さんに禁止されてんのか？　いや、だとしたら。

「え、本当に行って大丈夫か？　ご両親に怒られない？」

「……行ってくれないの？」

「いや、行ってくれないっていうか……」

「……英里奈ちゃんとは行くのに？」

ジトっと見られて、居心地が悪くなる。

「分かったよ……。ていうかもう着いたし」

「わあ！」

ちょうどいいタイミングで着いたマックを指し示すと、市川が嬉《うれ》しそうに声をあげる。

「マックマック！　嬉しいなあ、マック！」

「そうですか……」

嬉しいのは何よりだけど、あんまりはしゃぎすぎないでください。ただでさえ人の注目を集める容姿をしてるんだから……。

「ねえ、普通はどれ食べるの？　あの、びっぐまっくってやつ？」

「そうなあ……」

「じゃあそれにしようかなあ」

やけに微笑《ほほえ》ましい光景だ。自分がマックのメニュー選びでこんなにワクワクしてたのは、小学校の時くらいかなあ……。

「ねえねえ、小沼くんは？　いつも何にするの？」

「コーヒー」

「え、それだけ？」

「飯と飯の間に来ることが多いから。夜ご飯入らなくなるだろ？」

それで夜ご飯食べれないとかなったら市川家じゃなくたって多分親に怒られるよ。

「そっか、そうだよね……！　じゃあ私も飲み物にしたいなあ。でもそれは、イメージしてたマックとちょっと違うかも」

「まあ、ハンバーガー屋さんだしな」

「……ちなみに、英里奈ちゃんはいつも何飲んでるの？」

「マックシェイク飲んでるけど」

「マックシェイクかあ！　それはかなりマックっぽいね！」

名前にマック入ってるからね。ていうか市川、妙にテンション高いなあ……、と思ってると、
突然、ぴたっと動きを止めておれを真顔で見てくる。

「あ、でも。シェイクってことは、振るの？」

「いや、振らないけど……？」

「振らないんだ！　縁起いいね！　それにする！」

いや、『縁起いいね』って何？　フるとかフられるとかそういうこと？

そうこうしているうちにレジの順番が回ってきた。

「私、注文してみてもいいかな？」

「どうぞ……？」

市川がたどたどしく注文するのを、店員さんが微笑ましそうに聞いてくれている。妹が初めて買い物をするのについてった時を思い出すなあ……。

お会計になり、おれが二人分の合計金額を出すと。

「どうして小沼くんが払うの？」

「え、ああ、そういうもんかなって……」

違うなら、むしろ教えて欲しいんだけど。

「英里奈ちゃんと来る時いつも払ってるの？」

「うん、まあ、そうね……」

「ふーん……？」

首をかしげてじーっと見つめられて、おれはなんと答えたらいいかよく分からなくなる。

「……えーと、あの、お客さま？」

「「はいっ！　すみません！」」

訝《いぶか》しげな店員さんの問いかけに二人の肩が跳ねた。

とりあえず、出していたおれの金でお会計を済ませ、座席のある2階への階段を上がる。

「初めて小沼くんにプレゼント買ってもらっちゃった……」

「プレゼント……？　そのシェイクのこと？」

プレゼントっていうか、ただのおごりなんだけど。ていうかまだおごるって言ってないんだけど。

「うん、大事にするね？」

「いや、ナマモノなんだから早く飲めよ……」

苦し紛れにツッコミを入れるものの、その心底嬉しそうな笑顔におれのおごりが確定した。

席について、この二週間くらいであったことを市川が楽しそうに話しているのを聞いていた。

その様子にシンガーソングライターａｍａｎｅの姿は影も形もなく、本当にどこにでもいる女子高生って感じだ。いや、どこにでもいるというには容姿が整いすぎている気はするけど。

……ていうか、この状況って周りからどう見えてんの？　夏休みの時期に制服でマックに来て飲み物だけを頼んで雑談をしてる二人って、どれくらいあるある？　いやでも、制服着てるから部活帰りか。事実そうだし。え、でも午後3時だよ？　部活しろよって感じじゃない？

意識し始めると止まらなくなってしまい、おれの膝が落ち着きを失った。

「小沼くんは、夏休み、どうだった？　……というか、またすごい汗かいてるね？　もう、小沼くん、汗っかきなのにホットコーヒーとか頼むから」

だめだよ？　みたいな顔でたしなめられてしまう。

「いや、別に汗っかきじゃないんだけど……」

「えー、汗っかきだよ。初めて話した日も暑くないのにすごい汗かいてたもん」

いや、あれはあなたのせいでしょ、と思いつつ、そう言うわけにもいかない。

口の中で肯定とも否定ともつかないあいづちを打っていると、市川は手元のシェイクをこちらに差し出してきた。

「一口飲む？　冷たくて美味《おい》しいよ？」

「……え？」

いや、それは、間接なんちゃら的な……。

おれが動揺していると、市川も自分のしていることに気付いたらしく、

「……ぅあ」

と、なんとも言えない発音の鳴き声をあげて、引っ込める。

「……ご、ごめん、いらないよね……！　というか、そもそも小沼くんにプレゼントしてもらったものだし、返すだけになっちゃうというか……」

もじもじとよく分からないことを言ってから窓の外を見ながらストローに口をつけて、ずずず……と、吸い込んだ。

5時を過ぎた頃。

「ああ、もう時間……。帰らないとだ」

市川はハの字眉の笑顔を浮かべてから席を立つ。

「おれもとりあえず出るわ」

「とりあえず？」

なにか追及されている気がするけど無視して、空いたカップを捨てて、店を出る。

吾妻がどこで話す気かは知らないけど、というかここに来てくれるのが手っ取り早いけど、一応ナイショっぽかったから『じゃ、おれはここで他の人と会うから』と手を振るわけにもいかないだろう。

市川の家は駅の反対側なので、とりあえずなんとなく駅の方に歩き始めた。

「初マック、すっごく有意義だったなあ」

「はは、有意義って」

妙に堅苦しい言葉に少し吹き出すと、珍しいものを見た、とばかりに市川が目を見開く。

「小沼くんが笑った……！」

「いや、おれのことなんだと思ってんの……？」

「沙子さんの幼馴染《おさななじみ》……かな？」

ああ、なるほどね、無表情だけにね。って、いやいや。

「おれの地元の人みんな無表情なわけじゃないから。ていうか沙子くらいだから」

「そうなんだ。それでいうと、沙子さんってどうして無表情なのかな？」

「さあなあ……」

小学校で初めて会った時にはもう、あんな感じだったから、おれにも分からない。

「さーなー」

「何……？」

いきなりのんびりした口調で言う市川に顔をしかめる。

「『そうなあ』は聞いたことあるけど、それは聞いたことなかったから。それも口癖？」

「さあなあ……」

「やっぱり口癖だね？」

あはは、と楽しそうに笑う市川。なんか照れくさいんですけど……。

「あー……、とにかく、マック、歌詞に活《い》かせるといいな」

「うん、そうだね……」

少しかげった市川の表情に、自分の無神経さを呪う。

「……すまん、歌詞の話。別に急《せ》かしてるとかじゃなくて……」

「え？　あ、ううん、そうじゃなくて！」

市川が慌てたように両手を胸元で振った。

……と、その時、市川の手の中にあるものに気付く。

「あれ、カップ持ってきちゃったのか？」

「あ、うん……！」

飲み終えたシェイクのカップをなぜかここまで持ってきていた。

「すまん、おれが教えなかったからか……。ゴミ箱があったんだよ、お店の中に」

「そうだよね。小沼くん捨ててたもんね？」

「見てたのかよ。え、じゃあなんで？」

「……記念」

「なんだって？」

別に聞こえなかったわけではない。聞こえた上で、意味がよく分からなかったのだ。

「ちゃんと、洗うから……！」

市川は両手で大事そうにカップを包んで、懇願するような上目遣いでこちらを見てくる。

「いや、そこは心配してないけど……」

「……初めてだったんだもん」

「わ、分かったって……」

本当は何も分かってないが、別に責めようと思ったわけじゃなくて、単純に捨てないできちゃったんだと思って言っただけだから、そんな顔をされると困る。

「うん……。それじゃあ、私はあっちだから、ここで。小沼くん、付き合ってくれてありがとうね」

「ああ、うん、それじゃ」

おれは小さく手を振り、その背中が角を曲がるまで見送ってから。

「はあー……」

胸のあたりに充満したなんだかよく分からない薄赤色の感情を盛大に吐き出した。

……と、その時。

「尊いａｍａｎｅ様を見せてくれてありがとうって気持ちが1割、何見せつけてくれてんのって気持ちが9割」

いつの間にか隣に立っていた女子に肩を叩《たた》かれる。

「吾妻、いつからいたんだよ……？」

ねえさんは悪戯《いたずら》っぽく笑う。

「今来たとこ」

「絶対嘘《うそ》じゃん……」

「デートの待ち合わせは、こう言うのが礼儀って教わったの」

おれとのこれはデートじゃないし、それは多分待ってた方の礼儀だし、そもそも誰に教わるんだそんなの。という喉元まで出かかった言葉は、

「ツッコむとか無粋だよ？」

ウィンクで先回りして封じられてしまった。


吾妻は「マックは聖地になっちゃって恐れ多い」とかなんとか意味の分からないことを言いながら、井《い》の頭《かしら》公園の方へと歩みを進めた。

「は？　何、こっち、市川の家の方なんだけど」

「吾妻、こっち、ａｍａｎｅ様の自宅行ったことあるマウント取ってきてる？」

「いや、そうじゃなくて……。おれらが会ってるの、市川に秘密なんだろ？」

「そうだけど、天音《あまね》は家に帰ったんでしょ？　池のこっち側ならａｍａｎｅ様のランニングコースでもないし大丈夫だよ」

「なんでそんなこと知ってんの……？」

自宅を知ってるより、そっちの方がよっぽど怖いんだけど……。

「それに、」

おれがａｍａｎｅ信者のリサーチ能力にビビってると、自販機の前で立ち止まる。

「ほら、缶のカルピス、ここなら１００円だから」

「あ、そうなんだ……」

「夏休みの夕方、イノコーのベンチで飲む飲み物なんか、缶のカルピスしかないでしょ」

相変わらずの青春大好きっぷりだな。青春部の部長も兼任してるんじゃないの？

イノコーっていうのはもしかしなくても井の頭公園のことだろう。なんだかこなれた呼び方が、おれにはまぶしい。

おれも吾妻にならって、（というか他の飲み物にしたら怒られそうなので）缶のカルピスを買って、二人並んでベンチに座る。

「それで、話ってなんだ？」

「うーん、小沼の本当のところ聞きたいなって思って」

「本当のところ……？」

「曲作れなくなった理由。あの場では言えなかったけど、あたしには話せること、あるんじゃない？」

姉のように微笑《ほほえ》んでこちらを見る。

「……なんだそれ」

「ほら、あたし、共同制作者じゃん？　だから……分かるよ」

おれはぐぐっとカルピスをあおる。

それでも口火を切ろうとしないおれを見かねて、吾妻はふと、一言言った。

「……『わたしのうた』が、良い曲すぎたんでしょ」

「……そうなあ」

諦めたようにため息をついた。

言葉にしたら、それを実感したらもう戻れないような気もしたけど、それでも。

「おれさ、自分のこと、amaneの下位互換にしか思えないんだよ」

「……まあ、めっちゃ悔しいよね」

吾妻は静かに、それでも感情を滲《にじ》ませた語気で語り始めた。

「ねえ、小沼は『平日』って、良い曲だと思う？」

その質問に、つい、おれは息を詰まらせる。

「……おれにとっては、大切な曲だ」

「そんなの、あたしだってそうだよ。あたしたち二人にとっては、大切な曲に決まってる」

吾妻は寂しそうに笑った。

「『作品は自分の子供だ』みたいな表現ってよくあるじゃん？　そりゃ、自分の子は可愛《かわい》いよね。だって、あの曲はあたしと小沼の、……いや、こんなこと言ったら怒られるか……」

もごもごとよく分からないことを言ってから、わざとらしく咳払《せきばら》いを挟んだ。

「……まあ、とにかく。これまで毎日何曲分も歌詞を書いてきてさ。それで、『平日』だって、良い歌詞が書けたって自信があった。小沼の曲の良さを最大限に引き出せたと思った。でもさ、ロックオンの日、」

下唇を噛《か》みながら、呆《あき》れたみたいに、吐息を漏らす。

「『わたしのうた』の方が、100倍、心を打った」

おれはその言葉に、その事実に、胸の中がキュッと引っ張られて行くような息苦しさを感じていた。

「そうなんだよなあ……」

「しかもさ、『だとしても、どんなにちょっとでもあの曲があって変わったものがあったなら、誰かの心を動かしたんだったら、それを誇るべきなんじゃないか』って思った時に、それって、『わたしのうた』の歌詞じゃんって気付いちゃったっていうか」

吾妻の乾いた笑いにつられて、おれも諦めたように笑ってしまう。

当然と言えば当然だ。

それだけの力のある歌だからこそ、おれも吾妻も作曲や作詞を始めたのだから。

「それに、今日の新曲がまた良かったよなあ……」

「あたし、普通に泣いたし」

「な……染みたわ……。サビ前のコード選びとか……」

「分かる、一回しか聴いてないのに口ずさめそうなくらい印象に残ってるし……」

……いつの間にか、これ、ただのａｍａｎｅ信者談義だな。

「でも、今日市川が、『平日』の歌詞は自分には書けないって言ってたよ」

「そうなの？」

うなずきを返すと、吾妻は嬉《うれ》しそうに小さく微笑む。

「……そっか」

「吾妻は良いなあ……」

おれは自分でも驚くほど素直にそんなことを口からこぼしていた。

「あたしからしたら、小沼の作るものだって、ａｍａｎｅ様の音楽とは違うと思うけどね」

「いや、違うのと価値があるかどうかは別だろ……」

「……まあ、小沼にとってはそうなんだろうね」

「おれにとっては？」

おれが尋ねると、吾妻は小さく首を横に振った。

「それは、あたしが教えてあげられることじゃない。答えは小沼の中にしかないから」

「そうなのか……」

吾妻はいつも難しいことを言うなあ……。

「じゃあ、吾妻はその悔しさからどうやって抜け出したんだ？」

「悔しいのは悔しいままだけどね」

吾妻は、「でも、」とワンクッション置いてから少し微笑んで、

「あたし、それでも、歌詞書くのが好きなんだよ」

シンプルでまっすぐな答えをつぶやいた。

「あたしたちの場合、作曲だって作詞だって、別に誰かに頼まれてやってることじゃないでしょ？　諦めるなんて言い方したら悪いことみたいだけど、単純に手放したら楽になれるし、そ

れで他のこと極めるとかって選択肢もあるんだと思う。だからこそ、どうするかは、自分で決めないと」

　そして吾妻は真剣な目でおれを見つめる。

「ねえ、小沼は、曲作るの好き？」

「おれ、は……」

　どうなんだろう。その答えを探してうなっていると。

「好きじゃないなら、そんなに悩まなくても良いんじゃない？　そんなに悩めるってことは、それって、好きってことだよ、きっと」

　答えに迷うおれのことを、吾妻は導いてくれた。

「……吾妻って、本当にすごいな」

「んー、何が？」

　おれが素直に口にすると、照れくさそうな微笑みが返ってくる。

「いや、そうやって人のこと中身までよく見てて、それを言葉にしてくれて……。だから、あいう良い歌詞が書けるんだろうな」

「ちょ、まじで何、いきなり……!?　あ、あたし、中学、女子校だからね!?」

　吾妻が突然焦り始める。中学が女子校なの関係あるか？

「なあ、吾妻。おれが曲を作れたら、その時は、また歌詞を書いてくれるか？」

「は……？」

何言ってんの？　みたいな顔で目を細められる。うわ、すみません……。

「いや、今吾妻と話してても、やっぱりおれは他の誰でもなく、吾妻に歌詞を書いてもらいたいって思ったから……」

「……！」

吾妻はくるりと向こうを向いてしまう。

「……書くに決まってんでしょ。あたしがなんのためにわざわざ逆方面の電車に乗って吉祥寺に来たと思ってんの」

「言われてみれば……！　え、電車賃とか半分出そうか？」

「いや、律儀になるべきなところ、そこじゃないから。そんなんいいから、」

吾妻はからから言いながら、カルピスを一口だけ飲んで、

「また、あたしに歌詞を書かせてよ」

と言った。

「……曲が出来たらすぐに送って」

「おお、ありがとう……！」

振り返って夕暮れを背負った吾妻の表情は逆光でよく分からなかったが、きっとかっこいい笑顔を浮かべているんだろうと思った。

……と、その時、吾妻がポケットからスマホを取り出して、

「あはは、英里奈からＬＩＮＥ来た」

と、画面をこちらに向けてくる。

Erina《みんなで花火やろー！　ゆり、たくとくんも誘ってー！》

「おれも……？」

「行こ？　高2の夏休みなんか人生に一回しかないし、創作のヒントがあるかもだし」

「いやあ、でもそれ、すごい陽キャのイベントじゃない……？」

「まーね。ま、あたしもいるから大丈夫……いや、ってかさ、」

吾妻は突然不愉快そうに顔をしかめる。

「小沼、いきなりめっちゃモテてない？」

「え、そのＬＩＮＥって、そういうこと……？」

「いや、英里奈のこれはそういうことじゃないだろうけど」

「じゃあ、モテてないじゃん……」

おれがツッコむと、吾妻は、ハッとした顔をしてから、首をかしげる。

「それもそうだな……？」

Track 3：未《ま》だ見ぬ明日に

「拓人《たくと》、こっち」

あれから何度かａｍａｎｅの練習も経て迎えた、夏休み終盤の金曜日。

日も暮れかけた頃に、小さな川の流れている大きな公園に着くと、入り口で私服姿の沙子《さこ》が待ってくれていた。

「ごめんね拓人、一夏町《ひとなつちょう》から一緒に来られなくて」

「いや、別に沙子に謝られることじゃないだろ」

今日もダンス部の練習はあったらしく、その後にこっちに来たため、おれを引率できなかったことを気に病んでいるらしい。

おれも学校で待ち合わせて行かないかと誘われたものの、最寄駅から徒歩15分の武蔵野国際《むさしのこくさい》高校にわざわざ行く気も起きず、一人で来ることにしたのだ。

ちなみに、一人だけ私服だと恥ずかしいので、《学校からってことは、みんな制服で行くのか？》と、昨日ＬＩＮＥで聞いたら《着替えてくに決まってんじゃん》と言われてしまった。

決まってるのか……。

「拓人、こういうの苦手じゃん」

「そうなあ……」

沙子の前で虚勢を張る意味もないので、おれは手をあげて認める。

「つまんなくなったら言って。うち、一緒に帰るから」

「それは悪いだろ……」

「悪くない。つーか、気を遣って何も言わないで先帰ったりしたら家まで行ってぶつから」

「ぶたないでくれ……」

「ぶつってば」

沙子は０・数ミリ口角を上げる。

沙子が妙に上機嫌な理由は分かっている。おれは幼《おさな》馴染《なじみ》だから知ってるけど、沙子は花火が大好きなのだ。なぜかはよく知らないけど。幼馴染なのに。

「ほら、あそこらへん。結構集まってる」

「おお、人多いな……」

数メートル先の河原に、なんとなく見たことあるような集団がいた。ぱっと見、二、三十人くらいいる。いや、怖っ……。

「大丈夫、うちがいるから」

「心強いです……」

情けないことを言ってると、先に着いていたらしい吾妻《あずま》と市川《いちかわ》がこちらに気付いて手を振ってくる。

……初めて市川の私服を見たな。

新鮮というか、清楚《せいそ》というか、キラキラしてるというか、なんというか……。

「……目、もぐよ」

「怖《こえ》えよなんでだよ……」

さっきまで味方っぽかった幼馴染がスプラッタなことを言うので背筋を凍らせながら、吾妻と市川のいるあたりに近づいていくと、

「小沼《おぬま》くん、おつか」「たくとくん、ひさしぶりぃー!!」

ピンクベージュのふんわりツインテールを揺らして、英里奈《えりな》さんが駆け寄ってきておれのみみ右腕をガバシっと抱いた。

「え、英里奈さん……!?」

「会いたかったよぉ、たくとくん！　元気だったぁ？」

「ああ、まあ……」

「うわぁ、めっちゃ塩対応だねぇー!!　相変わらずたくとくんだねぇー!!」

異常にテンションの高い英里奈姫はおれの右腕をぶんぶんと振り回す。

塩対応とかじゃなくて、本場英国式（？）のスキンシップに頭が沸騰してるだけです……。

「ちょっと英里奈、もういいでしょ。うちの拓人に迷惑かけないで」

言いながら沙子が英里奈さんを引き剥がす。

「「うちの拓人？」」

市川と吾妻が首をかしげる。『うちのバンドの』ってことだと思うよ。

改めて周りを見まわすと、間《はざま》や、チェリーボーイズの面々もいる。ダンス部とロック部と器楽部と、そこらへんの人たちが色々集まっているみたいだった。

「それじゃあ、みんな揃《そろ》ったからやりましょー！」

え、おれ最後の一人だったの？　先やっててくれてよかったのに……。

英里奈さんの号令によって、手持ち花火大会が始まったわけだが、みんなが持ち寄った手持ち花火が山盛りになって台の上に置いてあるのと、いくつか水の張ったバケツがあるだけで、ルールがさっぱり分からない。

というか、多分ルールなど存在せず、各自が好きなように手近な花火に着火して遊んでいるみたいだ。どれだけの空気読み能力があると、この状況を楽しめるんだ……？

ずっとそばにいてくれそうだった沙子は、始まって早々『一緒に写真を撮ろう』的なことを間に言われてどこかに行っちゃったし、少し離れたところにいる吾妻は、器楽部の面々と楽しんでるみたいだったし、また別のところにいる市川は、なんかめちゃくちゃ囲まれてる。

え、どうしたらいいの、これ……。

立ち尽くしているのもなんなので、とりあえず近くにあった大きめの岩に腰掛ける。

すると、

「楽しんでるぅ？」

今日の首謀者……じゃなくて主催者、英里奈さんが近づいてきて、隣にしゃがみながら話しかけてきた。

「そうなあ……」

いや、全然楽しんではないけど、盛り上がってるっぽいところにおれのしかめっ面で水を差すのも悪いなあ、と思える程度にはおれも成長しているらしかった。

「なんかさっき間が一緒に写真撮るとかいって沙子を連れてったけど、英里奈さんはいいのか？」

「いーのいーの。それ、えりながケンジに頼んだんだもん」

「は？　何を？」

おれが眉間にしわを寄せると、英里奈さんは耳元にその唇を近づけてくる。

「『えりな、たくとくんと二人きりになりたい』って」

その艶《なま》めかしい響きにぞわぞわと鳥肌が立った。

「あ、え、な、なんで……？」

「だって、ケンジのこと、相談できるのたくとくんしかいないんだもん」

「ああ、そういうことか……」

そこまで聞いて、おれは首をひねる。

「……え、それを間になんて説明したの？」

「ん？　だって、ほら、ケンジはえりながたくとくんのこと好きって思ってるから」

「うわあ、そうだった……」

「なぁに、そのめんどくさそぉな顔は?」

英里奈さんがあざとく頬《ほお》を膨らませる。

「いや、めんどくさいっていうか……。英里奈さんはそれでいいのか？　それ、もう、撤回するべきなんじゃないの?」

「んー？　なんでぇー?」

「なんでって、英里奈さんは間に……」

その先を口にするのが照れくさく言《い》い淀《よど》んでいると、悪魔の口角がニタァーっと上がる。

「たくとくんの大好きな、『ラブ』のお話かなぁ?」

「その話はやめてくださいって……!」

おれが耳を熱くしていると、英里奈さんが手近な花火に火をつけて、そっとつぶやく。

「でも、相談したいのは、その、ラブのことなんだよぉ」

「お、おう……」

不意にしおらしくなる英里奈さんにおれも聞く姿勢を作る。

「あのね、先週、ダンス部の合宿があったんだぁ」

「うん」

「それで夜のお風呂の時間、女子のお風呂に、男子のお風呂の声が聞こえてきたの。ていうか多分こっちに聞こえてるの分かってて、それぞれの好きなタイプを大声で暴露するみたいな流れになってて」

「うわあ……」

そのノリ、おれ絶対無理だな……。

「それで、ケンジの番が来てさぁ、なんて言ったと思う？」

おれが「さあ……」と首を横に振ると、英里奈さんは小さくため息をついて。

「『おれは金髪ロングで背が高めのすらっとした女子がタイプだー!!』って」

「……そっか」

苦虫を噛《か》み潰《つぶ》すおれの隣で、ぽつりとつぶやく声がする。

「……えりなは、ケンジの好みのタイプじゃないみたいだよぉ」

「いや、それ、英里奈さんがどうっていうより……」

事実を否定しようと、反射的にそこまで言った口を、慌ててつぐむ。

……それが沙子の属性を言っただけだということくらい、英里奈さんにだってよく分かっているはずだ。

「……それで、ちょーっと切なくなってさぁ」

そんなことを言いながら、英里奈さんは。

……こてり、とおれの肩に頭を乗せる。…………なんで!?

「ちょっと、英里奈さん……!?」

「……その時、たくとくんの顔が浮かんだんだよ」

「お、おれの……？」

　ふわり、と、ピンクベージュの髪からした甘い香りに動揺が加速するが、いつになく儚《はかな》げな声のせいで、ツッコむにツッコめない。

「で、お風呂上がってすぐにスマホ見たんだけど、たくとくんの連絡先入ってなくてさぁ。たくとくん、えりなにLINE教えてくれてなかったでしょ？」

「き、聞かれてないからね……？」

「たくとくんがえりなに聞いてくれればよかったじゃん」

「そ、そうなあ……」

　……いや、そうなのか？

「でも、さこっしゅに聞くのもやだしなぁって思ったしせっかくなら直接お話したかったたし、でも二人きりで会うって言ったらたくとくん来てくれないと思ったから、ゆりに頼んで、今日呼んでもらっちゃった」

「そう、ですか……」

　色々なことを英里奈さんが話しているみたいだけど、半分くらいしか頭に入ってこない。

　脂汗をかいていると、英里奈さんが頭を起こして、おれの顔を覗《のぞ》き込む。

「だから、今日来てくれてありがとぉね？」

「どういたしまして……」

　……いや、焦った。結局なんだったたんだ、今の。

「……でも、大変だったんだな、英里奈さん」

少し落ち着きを取り戻したおれがそう口にすると、

「……まぁ、ケンジの好きなタイプなんて、本当は関係ないんだけどねぇ」

英里奈さんはさっきよりも真面目な顔をしてそう言い切った。

「関係ない……？」

おれが首をかしげると、英里奈さんはしっかりとうなずく。

「うん。えりなは、ケンジの好みの顔じゃないだろうし、ケンジの好みの身体《からだ》じゃないみたいだけど、それは、そういう風に生まれてないし、そういう風に育ってないから仕方ないもん」

「でも、英里奈さんは間のことが好きなんだろ……？」

「うん、だからこそ、全然関係ないの」

「どういうこと……？」

なおも理解できないおれが尋ねると、英里奈さんは歯を見せて笑う。

「えりなは、ケンジがえりなのこと好きになってくれるからケンジのこと好きなわけじゃないもん！　えりながケンジを好きな気持ちに、えりなの見た目とか性格とか、関係ないでしょ？」

「そう、か……」

その笑顔に、その言葉に、おれは息を呑《の》む。

英里奈さんは、いつもそうだ。何も考えてないような顔をして、おれなんか及びもつかないようなところまで考えている。

「それに、結果が、すべてだと思うんだぁ」

その甘い声で突然放たれた冷酷にも聞こえるその言葉の先を、英里奈さんは続けた。

「見た目とか性格とかで、有利とか不利とかはあるとは思うんだけどねぇ、だけど、それを理由に諦めたり出来ないから、好きってことなんだと思うんだよぉ」

「なるほど……？」

「えりなは、他の人よりも100倍頑張らないとケンジに好きになってもらえないっていうなら、……それでも、もし、100倍頑張ればケンジがえりなを見てくれる可能性が1パーセントでもあるっていうなら、余裕で頑張れるもん」

英里奈さんは照れたように笑う。

「簡単に掴《つか》めないなら、その分頑張るしかないし、それでいいやぁってなるくらいなら、それくらいの気持ちなんだと思うんだぁー。それくらいじゃなきゃ、そんなの『恋』じゃないし」

「そっか……」

うなずくことしか出来ない自分は情けないな、と心の中で苦笑いを浮かべる。

「えりなはね、」

そして英里奈さんは、言い聞かせるみたいに、決意をするみたいに、しっかりと口にする。

「えりなは、何をどうしても、ケンジの特別になるんだ」

「……すげえな」

「すごくないよぉ、全部、えりなが勝手にやってることだもん。……誰にも、そうして欲しいって言われてないのに、えりなが諦められなくてやってるだけ」

「だから、すごいだろ」

おれは、吾妻が井の頭《いかしら》公園で言っていたことを思い出していた。

『あたしたちの場合、作曲だって作詞だって、別に誰かに頼まれてやってることじゃないでしょ？　諦めるなんて言い方したら悪いことみたいだけど、単純に手放したら楽になれるし、それで他のこと極めるとかって選択肢もあるんだと思う。だからこそ、どうするかは、自分で決めないと』

相手に求められてないかもしれない、やめたって気付かれないかもしれない。

英里奈さんは、それでも、間を振り向かせると決意して、前に進んでいる。

……おれは、そんな風に曲作りに向き合うことが出来るだろうか。

「……たくとくん？　どぉしたの？」

「ああ、すまん……」

なんだかんだ、英里奈さんには教わってばかりだ。

「なんていうか……、英里奈さんのこと、応援してるから」

「……たくとくんはたくとくんだなぁ」

にへへ、と、英里奈さんははにかんだように笑う。お、珍しく『たくとくん』、良い意味っぽくない？

「まぁ、えりなが話したかったのはこれだけなんだけど、たくとくんの方はどぉなの？」

いきなり水を向けられて、おれは眉間にしわを寄せる。

「おれの方ってなに……？」

「うわぁ、その顔、本当にピンと来てないやつじゃんかぁ……！」

おれの返答に、英里奈さんが、ドン引いていた。

「たくとくんはいつまでたくとくんなんだろぉねぇ……」

「ええ……」

また『たくとくん』が悪い意味に戻っちゃったっぽいな……。

「そんな感じだと、やばいんじゃない？　ソウジくん、帰ってきちゃうよぉ？」

「ソウジくん……？」

「あぁ、そっか、このたくとくんはケンジのことも知らないたくとくんな人なんだった……」

このたくとくんってなんだよ。たくとくんな人ってなんだよ。

「徳川走詩《とくがわそうじ》くん。一個上の先輩だよぉ？」

「先輩なの？　じゃあ『くん』付けじゃなくて、『さん』だろ」

「うわぁ……、たくとくんが日本人っぽさ出してきたぁ……」

英里奈さんが舌を出して嫌悪感をあらわにする。

「そういうジャパニーズマナーはえりなにとってはどぉでもいいの。それに、もう先輩じゃないもん」

「いや、今英里奈さんにその人が一個上の先輩って紹介されたんだけど……。どういうこと？」

「留学に行ってたんだよぉ、この1年間。だから、年は一個上だけど、2年生の9月からやるんだってさぁ」

「はあ、なるほど……」

それは理解した。だけど、話の全貌がいまいち見えてこない。

「それで、その人が帰ってくるからなに？」

「ソウジくんは、去年の学園祭のミスターコンテストで、日本にいないのに二位を取るくらいのイケメンなんだよぉ。あ、一位はもちろんケンジね？」

「ああ、ミスターコンテスト……」

学園祭で行われている、学校一のイケメンと美女をそれぞれ選出するイベントだ。投票にも、投票結果を見にも行ってないが、そうか間が一位だったのか……。

「それで、ソウジくんはすぅっごいモテモテだったんだぁ。毎月誰かに告白されてるくらい。優しくて誰とでも話してくれるタイプのイケメンだから、ついつい好きになっちゃうんだって。えりなの友達が言ってた」

「へえ……それで？」

何回も尋ねるおれに、英里奈さんはこんなに話が通じないもんかなぁ、みたいな感じで頭を振る。いや、英里奈さんが分かりやすく説明してくれないからだからね？

そして、英里奈さんが大事な秘密を打ち明けるみたいに、少し声のトーンを落とした。

「ソウジくんが誰に告白されても絶対にオッケーしなかった理由が、あまねちゃんなんだよ」

「市川……？」

つまり、それは……？　と、目で聞くと、英里奈さんはうなずく。

「ソウジくんは、あまねちゃん一筋だったの」

「へえ……!!」

そういった話が市川に関して出てくることに驚く。

いや、言われてみたら、これまでおれがたまたまそういう話を聞かなかっただけだと考える方が自然だ。なのに、なんとなく市川はそういう色恋沙汰とは無縁だと思い込んでいた。

……なんでだろう？

「それで、ソウジくん、留学行く前に、あまねちゃんに告白したんだよぉ」

「市川の答えは……？」

「気にはなるんだねぇー？」

ニヤニヤとこちらを見て笑う。

「いや、別に、話の流れ的に聞かない方がおかしいだろ……」

「ふぅーん……？」

「それで……？」

英里奈さんは焦《じ》らすように何秒間かおれの目をじっと見てから、

「その時はお断りしたみたいだよぉ？」

と告げた。

「そっか……」

「なんか安心してるみたいだねぇ？」

「いや、そういうんじゃなくて……」

……そういうんじゃないよな？

「でも、安心するのはまだ早いよぉ。ソウジくんは、『留学から帰ってきて、俺が天音《あまね》さんに見合う人間になっていたら、その時はお願いします』って言い残してったんだってさぁ。それで、帰ってくるのが今度の新学期ってこと。分かったぁ？」

「ああ、うん……」

だが、まだ釈然としない部分があった。

「そういう話があったのは分かったけど、それが何？」

「うわぁ、たくとくんがたくとくんすぎて無理……」

その表情を見てさすがのおれも察する。

……いや、だから、そういう誤解は市川に迷惑がかかるだろ。

「英里奈さん、おれと市川はそういうんじゃないから……」

「じゃあ、あまねちゃんが他の人とそうなってもいいの？」

まっすぐにおれの顔を覗き込んでくる英里奈さんに一瞬たじろぐ。……近いって。

「ソウジくんとは限らないんだよぉ？　ほら、あんなにモテてる」

英里奈さんが指し示す先、何部かも分からない人たちに囲まれて市川がよそ行きの笑顔を浮かべていた。男子だけに囲まれているなんてあからさまな状態ではないが、その輪の中にはもちろん男子もいる。

「前はあんなにモテなかったんだけどねぇ。あまねちゃんって、仲良しがいなかったし」

「そうなのか？」

知らない情報が出てきた。ていうかすごい辛辣なこと言うなあ……。

「あれだけ可愛《かわい》くてきれいだと、近づきにくいっていうか。あんまり人間っぽくないっていうかぁ。あまねちゃん、顔だけならえりなよりも可愛いかもしれないもんねぇ……」

「顔だけって……」

そういえば学年で一番自分が可愛いみたいなこと言ってたな……。

「たくとくんとバンド始めたくらいから、可愛くなったよね。まぁ、えりな的には逆に全然可愛くないところも出てきたなぁって思うけど」

「ああ……ん？」

なんか今さりげなく結構なこと言わなかった？

「すぅっごくわがままだし、それに自分でも気づいてないのが本当に可愛くない」

「わがまま？　そうか……？」

「そぉだよぉ。なんでも自分のものにしないと気が済まないんだもん」

「そんなか……？　どちらかというと優等生で、我慢強い方だと思うんだけど」

「はぁ……これだからたくとくんは……。っていうか男子は……」

横から呆《あき》れたため息が聞こえたその時、ぼーっと見ていた市川と目が合って、ハの字眉の笑顔でこちらに小さく手を振ってきた。

……あれは、罠《わな》だ。

おれに振ってると思って振り返したら、『あれ、英里奈ちゃんに手を振ったのに横にいたモブが振り返してきたね？』と思われかねない。……などと照れくさくて振り返さない言い訳を心の中でしまくっていると。

「……あまねちゃんのわがままなとこ、見せてあげよっか」

やけに妖艶にそう言って、英里奈さんは、おれの腕に絡みつく。

そして、おれの手首をつかみ、ぶんぶんと市川の方に向かって振った。

「ちょっと、英里奈さん……!?」

そちらを見ると、鼻先がくっつきそうなほど近くでにへへ、と悪い笑顔を浮かべていた。

あまりの近さにバッと視線を逸《そ》らして市川の方に顔を戻すと、市川は市川で謎に顔をしかめてこちらをにらんでいる。

「ほら、怒ってるでしょぉ？」

「怒ってるかは知らんが、にらんではいるな……」

「あはは、おかしいねぇ」

「可笑《おか》しいか……？」

あれを面白がれるって結構すごい胆力だと思うけど……。

「……うん、おかしいよ。たくとくんは、あまねちゃんのものじゃないのに」

「ん……？」

そのぽつりとつぶやいた言葉には何か、それまでとは違う感情が滲《にじ》んでいるように思えて、おれは首をかしげる。

「よぉし、えりなも、さこっしゅとケンジと写真撮ろぉっと！　たくとくんも一緒に撮ろぉ！」

知らないうちに気が済んだらしく、英里奈さんは立ち上がって、自分のお尻をはたく。

「ええ、いいよ、おれ写らないよ……」

「じゃぁ、カメラマンやって！」

「ああ、まあ、それならいいけど……」

「ほら、行くよぉ！」

英里奈さんに手を引かれて半強制的に立ち上がり、おれは後をついていく。

「さこっしゅ、ケンジぃ、写真撮ろぉー！」

「拓人」

「お、タクトくん。一緒に撮るん？」

なんだ、「撮るん？」って。関東人だろ。と、思うのは心の中だけにとどめ、外面を取り繕うおれ。

「い、いや、カメラマン、的なあれだから……」

……いや、全然取り繕えてないな、これ。

「……拓人、顔引きつってるんだけど。ちょっと英里奈、うちの拓人を困らせないでって」

「ん？　困ってないよねぇ？　えりなとたくとくんの仲だもんねぇ？」

幼馴染《おさななじみ》さんが守ってくれようとするも、悪魔さんはけろっと首をかしげた。

「拓人、大丈夫なの」

沙子が、小さく首をかしげておれの顔を覗《のぞ》き込んでくる。

「まあ、撮るだけだから……」

「はあ、たまにお人好《ひとよ》しだよね、拓人って……」

おれたちの会話を無視して、英里奈さんはスマホをささっと操作し、おれに差し出した。

「はい、たくとくん！　これで撮ってぇ！」

なんか、おれのスマホと機種は一緒のはずだけど、おれのスマホとは違う写真モードだ。インスタラー（？）専用のカメラアプリとかあるんだろうか。

おれが何枚か撮ると、英里奈さんがこちらに戻ってくる。

「どぉ？　盛れてるぅ？」

「いや、盛れてないと思うけど……」

「は？　なんで？」

画面を覗き込んでくる英里奈さんは不必要に近くて、おれはちょっと身を引く。ていうか今英里奈さんの語尾が伸びてなくて怖かったんだけど。

「盛れてるじゃん！　たくとくん、ちゃんと見てよぉ！」

「え、盛れてんの？　三人とも元と変わんないだろ」

ていうか元が良すぎるだろ。ダンス部って芸能事務所かなんかなの？

「あぁ、そぉいうことかぁ！　さこっしゅ！　たくとくんが可愛いって言ってるぜぇ？」

「……あっそ」

髪をいじりながらそっぽを向いた沙子になんだかおれも気恥ずかしくなり、顔を伏せた。ていうか、「ぜぇ？」ってなんだ。

「さこっしゅ！　ダンス部女子メンで写真撮りに行こぉ！」

「え、あ、うん……」

その後、英里奈さんは沙子を連れてダンス部女子メンとやらの方に向かって行った。

自然と、おれと間が二人残される。

「……あ、えっと……」

……いや、話すことないんだけど？

「タクトくん、こういうの苦手なんだろ？　サコが言ってた」

立ち去ろうと思ったのに、間が話しかけてくる。

「ああ、うん、まあ……」

「それなのに来てくれてありがとうな」

「お、おう……」

今日も間は爽やかだ……。おれの存在は間にとって何もありがたくないだろうに……。

そして、無言の時が流れる。少し離れたところから聞こえる賑《にぎ》やかな声が、かえってこちらの沈黙を引き立てる。

　間はなんだかゆったりとした動作で手元に持っていたペットボトルのコーラを飲んでいる。

　さすがのコミュ力モンスターも、おれなんかとの二人きりの会話をつなぐのは至難の業《わざ》と見える。

　……よし、立ち去ろう。こんな空気なら、一人の方がまだマシだ。

「そ、それじゃ……」

「タクトくんって、好きなやつとかいるん？」

「……は？」

　せっかく立ち去ろうとしたのに、妙な質問をされて固まる。

「いや、べ、別にいないけど……？」

「そーなん？　んじゃーさ、どんなやつがタイプなん？」

「いや、別にそういうのもないけど……」

　いや、ちょっと待てよ？

　さっき英里奈さんが言ってた『好きなタイプの暴露大会』みたいなのをおれとやろうとしてるわけじゃないよな？　そういうのはそちら側で完結していただきたいんですけど……。

「じゃ、元気なやつは好きか？」

「はい？」

「いいから。ほら、心理テストっつーかさ」

「ああ、そう……」

なんでおれの好みなんかに興味を持っていただいているのか分からないんだけど……。

「まあ、元気があるのは良いことだと思うけど……」

「そか。んじゃ、甘え上手なやつは？」

「甘え上手……？」

「いいよな？」

「ああ、うん、どっちでも……」

なんか誘導尋問じみてきたな。

「それで、ホームルーム委員やってるようなやつって好感度高くね？」

「それは本格的にどっちでもいいと思うんだけど……」

「でも、やってるかやってないかだとやってる方がいいだろ？」

「うん、じゃあ、まあ……」

ていうか何この心理テスト？　何が分かんの？　おれの好きなタイプ？

おれが顔をしかめていると、

「……そういうやつさ、探せば案外近くにいるんじゃねえの」

間が、優しい声でそんなことを言ってきた。

「……は？」

「……それで、そいつもタクトくんみたいなやつのこと、好きかもしんねえじゃん」

……そういうことか。

要するに、まだ、英里奈さんがおれのことを好きだと思ってるこの爽やかイケメンは、英里奈さんをおれとくっつけるべく謎のアシストをしようと思ったわけだ。

『えりなは、何をどうしても、ケンジの特別になるんだ』

ついさっきの英里奈さんの真剣な顔が浮かぶ。

……多分、こういう、友達思いなところも英里奈さんにとっては魅力の一つなんだろう。

「残酷だな……」

でも、おれの胸はズキズキと痛む。

「ん？」

陽キャイケメン特有の、自信や余裕のあるやつにしか出来ない優しい笑い方をしている間を見て、ふう、と軽くため息をつく。

「……たとえばの話だけど」

「なんだよ？」

「バカっぽく見せてるけど、本当はめちゃくちゃ素直で、めちゃくちゃまっすぐで、あざといようで本当に好きな人には上手に出来なくて、いつでもその人の幸せのことばかり考えてるような人、好きか？」

詰め込みすぎか？　まあいいや、どうでもいい。

「……はあ？　まあ、いいんじゃねえの……？」

間が戸惑ったように答える。

おれは、静かに唇を噛《か》む。

「そういう人、近くにいるんじゃねえの、案外」

「ああ……？」

……なんていうか、ままならないな、色々。

「それじゃ、その……トイレ行ってくるわ」

「お、おう……？」

おれにしては上手な口実を作って（上手か？）、一度その場を離れた。


トイレの場所を把握していないおれは、看板か公園内の地図を探して歩き始める。

花火をやっているエリアからちょっと離れると、かなり暗くて、足元が全然見えない。ライトを点《つ》けようとスマホを取り出したその時、後ろからシャツをぐいっと掴《つか》まれる。

「んんっ⁉」

「ひゃっ‼」

おれが驚いて大声を出すと同時に女子の大きな声がしたので、そちらを振り返ると。

「吾妻……？」

「いきなり大きな声出さないでよお……！」

うずくまった吾妻らしき物体がこちらを見上げてくる。いや、いきなり引っ張らないでよ。

「え、なに？　どうしたの？」

「トイレ、行きたいと思ってたんだけど、みんな行きそうにないから……！」

「いや、一人で行けば良いじゃん……」

おれは呆《あき》れてため息をつく。女子同士、やたら一緒にトイレ行く文化あるけど、あれか？

「…………怖いんだもん」

「え？」

「あたし、暗いの苦手なんだよお……！」

……いや、誰だよこの人。本当に吾妻か？

「じゃあ誰かに声かけて連れてってもらえばいいじゃん……」

「だってみんな青春してるのに邪魔したら悪いじゃん……」

「そんなもんか……？」

「そうだよ、好きな人と特別な時間を過ごしたりするのに絶好のタイミングなんだから、それをあたしの尿意で……」

「尿意とか言うなし……」

それにしても、本当にこの人は青春部部長だな……。

「連れてってよ、小沼あ……！」

「うん、いいけど……」

いいけど、おれトイレの場所知らないし、トイレを我慢してる吾妻を見てるとなんか、なんともいえない気分になってきて罪悪感があるんだけど……。

とりあえずおれが足を進めると、吾妻が後ろからおずおずと声をかけてきた。

「……あ、あのさ、お、小沼。ちょ、ちょっとお願いが、あ、あるんだけど……」

「ん？　どうした？」

「れ、恋愛感情とか、そ、そういうの、まったく、抜きにして、」

振り返ると、相変わらずこわばった表情をして、とんでもないことを口にした。

「手、つないでも良い？」

吾妻から出て来たその一言に、空気が固まる。思考が止まる。頭が真っ白になる。

「………は？」

数秒後、なんとか喉元から疑問を絞り出す。

「ダメ……？」

改めて吾妻を見ると、声のみならず、全身がガタガタと震えている。

え、そんなに怖いの……？　そこまでしてみんなの青春を守ろうとしている吾妻は健気《けなげ》すぎるし、おれも力にはなりたいと思う。

思うんだが、内容が、内容なんですよね……。

少しだけ逡巡《しゅんじゅん》してから、

「えっと、せめて、ここを掴むとかで、どうでしょうか……？」

おれは、自分のTシャツの裾を指差す。

ここなら英里奈さんも何度か掴んでるし、なんかセーフな気がする。いや、誰に向けて何がセーフなんだかは知らんけど。

「仕方ないわね……」

と、下唇を噛んで、ツンデレの使いかたを履き違えたような吾妻がそっと、きゅっと、おれのTシャツの裾を掴んだ。

……まあ、裾なら英里奈さんで慣れてるからおれも余裕で対応できる。

「あ、ああ、え、ええ、っと、じゃあ、すすす進みますね？」

……前言撤回すぎる。

「小沼、黙ってると怖いから、何か楽しい話してよ……」

緊張で何も口に出来ないまま少し歩くと、無茶《むちゃ》振りが飛んできた。

吾妻にとって楽しいこと……？

「えっと、吾妻は、器楽部、頑張ってるよな？　夏休み、毎日部活しに行ってるんだろ？」

「器楽部……？　まあ、頑張ってはいるけど……」

吾妻はちょっと引っかかる言い方で、なんだか少しすねたみたいにしている。

「頑張ってはいる？」

おれが聞き返してみると、

「小沼ならいいかあ……」

とやけに素直につぶやいてから、話し始めた。

「当たり前かもだけど、楽しいことばかりじゃないんだよ、部長って。『音楽をやりたくて部活をやっている人』と『部活をやりたくて音楽をやっている人』といたりしてさ」

「それ、何か違うのか？」

「大違いだよ、目的と手段が違うんだから。でも、部長はどっちかにかたよるわけにはいかないし。そしたら、どっちにも好かれるどころか、どっちにも嫌われたりして」

それは、きついな……。

「あたしが器楽部のみんなになんて呼ばれてるか知ってる？」

「な、なんて……？」

「鬼部長、だってさあ」

……結構普通だな。

だけど、シンプルなだけに、そのイメージも伝わってきやすいし、共有されやすいし、拡散されやすいのだろう。

「でも、そんなの聞いたこともないような顔して、あたしはあたしなりに、ってさ……」

「そうか……」

おれはそんな吾妻の努力を、なんでもないことみたいに言ってしまっていたらしい。

「なんか、気楽そうな言い方をしちゃって、すまん」

「すまんくないよ、そんなの。むしろありがとう」

そう言って、吾妻はやっと少しだけ微笑《ほほえ》んでくれる。

「あーあ、話しちゃったな……こんな弱音、誰にも話さないでいようと思ったのに」

はあ、とため息をつく音が聞こえた。

「……ちょっと、小沼の前だから油断したのかも」

「……そっか」

それは、いい意味なんだろうか。

「小沼、いま話したこと、秘密にしておいてね」

「おれに、言う相手がいないだろ」

「たしかに。うける」

うけられるとそれはそれで複雑なんだけど。まあ、笑いは恐怖の防止になっていいか。

「……だけど、小沼だけは覚えておいてくれると嬉《うれ》しいかも」

「いいけど、なんで……？」

「小沼が知ってくれてるって、それだけで、今よりもうちょっと頑張れる気がするから」

おれのシャツの裾がギュウッと強く握り込まれる。

「……分かった」

おれはゆっくり、静かに、うなずく。

トイレを済ませ、吾妻と一緒に戻ると、沙子と市川が二人で待っていた。

「あ、帰ってきた。おかえり」

「二人でどこ行ってたの？」

「ちょっとトイレ！　どうしたの？」

さっきまでのか弱い感じはどこへやら、すっかりいつもの強気な吾妻ねえさんに戻って、二人のもとへ駆け出した。

「なんか市川さん、花火をうちら四人でやりたいんだって」

沙子に親指で指され、市川は満面の笑顔を咲かせた。

「うん、初体験だから！」

「「ん……⁉」」

そんなに大きいわけではないが、よく抜ける声でそんなことを言うもんだから、吾妻とおれは目を見開く。

「え、花火したことないの」

沙子だけは大して動じることなく、別のところに食いついていた。

まあ、たしかにそれもそうだな。

「うん、今日が初めて」

「なんで……？」

「なんでって……やったことないから、だけど……？」

「うちは幼馴染《おさななじみ》だから、小さい頃から拓人と花火たくさんやったけどね。うちは幼馴染だから。

ね、拓人」

「そうなあ……」

小学生時代、沙子の家族とはよく一緒に手持ち花火をやったし、打ち上げ花火大会にも一緒に行っていた。

中学校に入ってからは、さすがに照れるというか、同級生に見つかったりしたら沙子に悪いな、と思って、一緒に行ってはいなかったが。

「だって、機会がなかったんだもん……」

たしかに、手持ち花火なんか、家の近くに出来る場所があるか、もしくはキャンプとかに行くかしないと出来ないか。都会生まれ都会育ちで、箱入り娘の市川は自然と手持ち花火とは縁遠くもなるのかもしれないな。……いや、でも。

「……え、今日来てから今までは何してたの？」

「初めての花火、とっておいたんだよ？」

おれが尋ねると、市川は頰《ほお》を膨らませてこちらを見てくる。

「とっておいた……？」

「初めての花火だから一緒にやりたいなって思って今日来たのに、小沼くんはなんか他の女の子と仲良さそうにしてるし……」

「いや、えっと……」

……この人、全体的に何言ってんの？

「初めての花火をとっておいて拗《す》ねる天音、ぐうかわ……！」

横では信者が変なことをぶつぶつ言ってるし。

「んじゃ、やろうよ、花火。ほら、持って」

花火大好き沙子ちゃんは、前のめりに市川に花火を持たせてるし。

「違う、逆。そっちは火がつくところ」

「あ、そうなんだ……！」

甲斐甲斐《かいがい》しく教えてあげる沙子と、おっかなびっくり火をつける市川の組み合わせは、まあ、なんかいいけど。

「さこあま、尊い……！　瞳のシャッターを切って、脳のハードディスクにバッチリ保存した……！　あとで心のフォトショいじって明度と彩度あげとこ……！」

「なにそれこわい……」

吾妻、そんな機能ついてるんだ……と慄《おのの》いていると、

「見て、小沼くん！　初めての花火ついた！」

市川が花火をおれに見せてくれる。

「ちょっと市川さん、人に向けない」

「あ、ごめん……！」

いつもと攻守交代って感じだな。

「ていうか小沼、なんで天音はさっきからあんなに『初めて』を強調してんの？」

「なんか、歌詞の参考にするために、色々な体験をしてみたいんだってさ」

「ああ、そういうことか」

今ので分かったのか、さすが作詞家……。

「市川さん、楽しいでしょ、花火」

今の話が聞こえていたらしい沙子がなぜか0・数ミリのドヤ顔で市川に言う。

「うん、すっごく楽しい！」

「天音、歌詞に活《い》かせそう？」

だけど、その吾妻の質問に、

「うーん……」

市川はハの字眉の笑顔を浮かべる。

「……楽しすぎて、嬉しすぎて、言葉にするの、もっと難しくなっちゃった、かも」


その後、夜が深くなる前にそれぞれが家に帰っていった。

帰り道は、当然、沙子と一緒になる。人もまばらな武蔵野《むさしの》線で、二人横に並んで座っていた。

「……拓人、曲、どんな感じ」

二駅くらい過ぎた頃、沙子が聞いてくる。さりげない風を装ってくれているが、きっとこれがずっと聞きたかったのだろう。……心配ばかりかけてるな、おれは。

「まだ作れてないけど、だんだん、近づいてる感じはする」

おれは今日英里奈さんと話したことを思い出していた。

「才能がないとか、誰にも求められてないとか、そういうの気にしたって仕方ないのかなって思えてきたというか」

「……誰にも求められてないって、何」

沙子が0・数ミリ顔をしかめる。

「おれがいくら頑張ったって、ａｍａｎｅには届かないから」

なんとなく流れで言ったつもりのその言葉は、思った以上の湿度を持ってガラガラの車内にこぼれ落ちた。

「拓人、それって……」

目を見開く沙子に、慌てて言葉を継《つ》ぐ。

「あ、いや、そんなこと言っても、それでも曲を作りたいなら、誰よりも頑張るしかないなって思ったたって話」

だけど、おれの話を聞いているのか、沙子は呆然《ぼうぜん》とした感じで、

「……やっぱり、そうなんだ」

とだけつぶやく。

「そう、って？」

首を横に振った。

「……ううん、なんでもない」

おれが首をかしげると、我に返ったようになって、何かをごまかすように、打ち消すように、首を横に振った。

「でも、拓人」

「どこからの『でも』だよ？」

質問を無視して、沙子はおれのシャツをきゅっと掴《つか》む。

「拓人は、拓人の曲は、『誰にも求められてない』なんてこと、絶対にないから」

「ん……？」

「うちは、あれから、ずっと考えてる」

そこまで言って、猫目でおれの目をじっと見つめる。

「どうやったら拓人が曲が作れるのか、あれから、ずっと、そればっかり考えてる」

「沙子……」

……『あれから』の指すタイミングは、この間学校のスタジオで話した時からなのか、それとも。

「そのためなら、うちはなんだってするよ」

「……ありがとう」

「ねえ、分かってるの」

そのすがるような視線に首をかしげると、

「……本当に、なんだってするんだよ？」

と、珍しく上がった語尾が追いかけてきた。

「沙子……？」

「ねえ、拓人、明日の花火大会、誰かと行く予定あるの」

いや、いきなり話変わったな……？

「え、明日？　花火大会？」

「うん、一夏町の花火大会」

一夏町の花火大会とは、おれと沙子の地元・一夏町で行われる花火大会のことだ。（情報量増えてない）

「……いや、ないけど。認識すらしてなかった」

「他に予定とか、あるの」

「いや、それもないけど……」

夏休みにはバンド関係以外では一日も予定入ってないからね……。

「じゃあさ……一緒に行こ」

「花火大会に？」

おれは、首をかしげる。

「いやなの」

「いやじゃないけど……」

「じゃ、約束」

0・数ミリ口角を上げて、沙子がおれに小指を差し出してくる。

「お、おう」

おれも小指を出して、そっと結んだ。

……0・数ミリ下がった目尻が寂しそうに光ったのは、気のせいだろうか。

Track 4：空っぽの空が僕はきらいだ

翌日の、朝8時半。

新小金井《しんこがねい》駅から高校までの道すがら、英里奈《えりな》さんの昨日の言葉がぐるぐるとループしていた。

『えりなは、他の人よりも100倍頑張らないとケンジに好きになってもらえないっていうなら、……それでも、もし、1000倍頑張ればケンジがえりなを見てくれる可能性が1パーセントでもあるっていうなら、余裕で頑張れるもん』

夏休みにまで、しかも夕方に家の近くで予定が入っている日にまで、こんな朝早くから学校に来た理由がそれだった。

英里奈さんのその言葉は、そのまま今の自分に当てはまる気がしたのだ。

おれは要するに、才能があるやつがいるのに、上位互換がいるのに自分なんかが何かをやったって仕方ないじゃん、と拗《す》ねていただけなんだと思う。

でも、英里奈さんは間《はざま》を振り向かせるためならその努力量が他の人よりも多くてもこなしてみせる、と言っていた。

うまくいかないことを努力し続けるのは、苦しいし、きつい。

だとしても、本当に成し遂げたいことなら、挑み続けないといけない。

『痛みとか傷を避《さ》けて歩いてたら　いつの間にか　大切なものから遠ざかった　それはきっと

本当の本当はそこにいたいから』

……もしも、ａｍａｎｅがそんなことにとっくの昔に気付いて曲にしていたとしても。

昇降口をくぐり、スタジオのある2階へと上がる。学校はすごく静かだ。

まだ、曲は作れないかもしれない。時間をかけたら出来るという保証もない。

それでも。

「誰よりもやる、しかないいんだろうなあ……」

おれはそっとひとりごちる。

改めて口にして、形にして、それと向き合わないといけない。

だからこそおれは、今朝、誰よりも早く、スタジオにやってきた。

「……よしっ」

もう一度気合いを入れて、スタジオのドアに手を掛ける。

その瞬間。

「『これがなんていう気持ちか……』」

中から、澄み切った声が聞こえた。

「まじかよ……」

……そこで、市川《いちかわ》が歌っていたのだ。

あの新曲を、おれの聞いたことのない歌詞で。その姿を見て、全身の力が抜けていく。

「……あ、あれ、小沼《おぬま》くん⁉」

彼女の視界に入ったらしく、歌うのをやめた市川がこちらに来る。

「……おはよう、市川」

「お、おはよう……！　ど、どうしたの？　練習に来るなんて一言も……！」

「……市川だっておれに言ってなかったじゃんか」

「だって、小沼くんは鍵がどこにあるか知らないでしょ？　私がいなかったらどうやって入るつもりだったの？」

「それは、たしかに……」

……そっか、スタジオのドアが開けられた時点で、もうおれは負けてたんだ。

「……歌詞、書けたのか？」

「いや、えっと、まだ、です……」

意気消沈しつつ尋ねてみると、もじもじと市川が答えた。

いたずらがバレた子供みたいなその話し方に少し笑ってしまう。

「別に、隠さなくてもいいのに。今歌ってたのは？」

例の競争にも思ったよりも早く決着がついちゃったな、と思っていると、市川は自分の顔の前で両手を振る。

「こ、これは、あくまで仮の歌詞というか、これを歌うつもりはないっていうか……」

「なんで？」

「……なんていうか、その、歌うべきことと違うから」

「へえ……」

自分から質問したくせに、あんまり頭に入ってこない。歌うべきこと？

「そ、それで小沼くんは、どうしたの？　こんな朝早くから」

「市川はこんな朝早くの何時からいたんだよ？」

その言葉は、思った以上に冷めたトーンで、自分の口から投げられた。

「30分前くらいかなあ」

なんでもないことのように言う市川に、乾いた笑いがこぼれる。

何が、『誰よりも早く』だよ。『才能』を超えるんじゃなかったのかよ。

おれはなんだか自分がバカらしくなって。


「……おれは一生ａｍａｎｅに勝てないんだろうな」


史上最悪に情けない言葉を口にしていた。

それほど、目の前に横たわるあまりにもシンプルな事実に打ちのめされそうだった。

おれが『才能』だなんだとわめいていたのは、もしかしたら、ただの『努力』だったのかもしれない。

市川は毎日おれなんかよりも先に起き出して練習をしていて、その積み重ねで、そこに立っているのかもしれない。

『才能は努力できないやつの言い訳だ』とか、『努力できるということが天才なんだ』とか。

100回以上聞いたような言葉を奥歯で嚙《か》み締《し》める。

「勝つ……？　どっちが先に作れるかって競争のこと……？　それだったら、まだ歌詞は出来てないって、」

「……そうじゃない」

首を横に振りながら遮る。

一度口にすると、堰《せき》を切ったように、思っていたことがどろどろと引きずり出された。

「おれは、amaneに憧れて、音楽を始めて。何曲も作って、楽器も練習して……。それで偶然だけどamaneに高校で出会って、吾妻《あずま》にめちゃくちゃ良い歌詞もつけてもらって、amaneに感情を込めて歌ってもらって。でも……」

市川は、真剣に聞いてくれている。

「それでもやっぱり、『平日』よりも『わたしのうた』の方が、圧倒的に良い曲だったんだ。そんなんで、おれが曲を作る意味なんかあるのかな、って。それでも、おれが市川よりも努力を重ねてたらいつかは、もしかしたら、なんて思ってたのに……」

見られたくなくて、顔を伏せる。

「おれは市川よりも頑張ってないだけの、ただのダメなやつだったよ」

どうしておれは市川の成果を、才能だなんて言葉に勝手に言い換えていたんだろう。市川が自分ほど頑張ってないなんて、どうして思ってたんだろう。

情けなくて目も合わせられないおれの頭上から、市川の声がする。

「……小沼くんは、誰かに勝ちたくて音楽をやってたの？」

その言葉は、いつになく冷たくスタジオに響いた。

「小沼くんは、なんのために音楽をやってるの？」

答えられない自分に情けなさは募るばかりで、丸めた肩の上に重くのしかかってくる。

「……どうして、『平日』のこと、そんな風に言うの？」

「……ん？」

三つ目に発された質問の、その湿った声音に驚いて顔を上げると、市川は瞳をうるませておれのことをじっとみていた。

「小沼くん、分かってる？　『平日』がなかったら、『わたしのうた』はなかったんだよ？」

「いや、それは順番がおかしいだろ……？」

かすれた声で反論する。おれは『わたしのうた』があったから曲を作り始めたわけだし、そもそもの時系列として『わたしのうた』が先に出来たんだから。

「おかしくないよ。慰めてるわけでも、こじつけてるわけでもない。ただの事実だよ」

「……どういう意味だ？」

「だって、」

市川は悔しそうに一度下唇を嚙んでから。

「……だって、あの日、『平日』がアンコールを起こさなかったら、私は『わたしのうた』を歌えてないでしょ？」

「そう、か……」

突きつけられたその事実に目から鱗《うろこ》が落ちる。

「小沼くんは、私にとって、どれだけあの曲が大事な曲か、分かってくれてる？　『小沼くんの音楽が、私の人生を変えてくれたんだ』って、私、言ったよ？」

市川の声は湿度を増していく。

「私は、あの曲のおかげで、ここに立ってる。あの曲のおかげで、やっと、歌えてる。だから、小沼くんに、由莉《ゆり》に、心の底から、『平日』を作ってくれてありがとうって、そう思ってる。それでも小沼くんが、そんな風に思っちゃうなら、」

そしてその雫《しずく》を振り切るように、目を鋭く細めた。

「私、あの日、『わたしのうた』なんか、歌わなきゃ良かった……！」

その言葉に、お腹《なか》の奥の方が煮える感覚が走る。

「……それだけは、ありえないだろ」

「どうして……？」

「あの日、『わたしのうた』を歌えて良かったに決まってるだろ」

感情任せで出てきた言葉は、なんの理屈も通らない、ただの決めつけだった。

「でも、小沼くん、それと同じこと言ってるよ？」

「そう……かも、しれないけど……」

対して、市川のまっすぐな言葉には、ぐうの音も出ない。

「ねえ、小沼くん？」

そして、市川は続ける。

「小沼くんの曲は、小沼くんにしか作れないんだよ」

その、言葉にしたら当たり前すぎる事実は、それでもおれの胸の奥の方をぎゅっと掴《つか》んだ。

「小沼くんが抱えてるその不安も不満も、喜怒哀楽も全部、小沼くんが曲にしなかったら誰も曲にしてくれないんだよ」

「おれに、しか……」

「私は、小沼くんの曲が聴きたい。小沼くんの心が聴きたい」

そして、市川は口を真一文字に引き結んでから。

「心には、勝ちも負けもないはずだよ」

そう言い切った。

「市川……」

そして市川は一転、その表情をハの字眉の笑顔に変えて頰《ほお》をかく。

「……って私、自分もまだなのに、偉そうに、何言ってるんだろうね？　ごめんね」

「……いや、ありがとう」

まだ、分かりきってはいないかもしれない。

でも、市川の言葉にはヒントが詰まっているような気がした。

「……おれ、帰るわ」

「え、今来たのに？」

「うん」

往復3時間。滞在時間は15分かそこらかもしれない。

でも、もう、いてもたってもいられなくなってしまった。

そこにあるのは、高揚感と勇気と、そして。

……やっぱり市川天音《あまね》には敵《かな》わない、という実感だった。

「……それじゃ、また」

「ちょっと待って、小沼くん」

踵《きびす》を返して、スタジオの扉に手をかけたところ、呼び止められる。

「私、学校に楽器を取りに来たついでに練習してただけだから、もうすぐ帰るよ？　もし帰って曲作るならここ使って」

「そうなのか？」

「うん。昨日、花火大会に楽器持って行きたくなかったから」

「ああ、なるほど……」

おれに気を遣わせないための方便かと思ったが、どうやら本当らしい。

「私、家近いし。小沼くん、1時間半かけて来たんでしょ？」

「そうなあ……」

「うん、今日他に使う予定の人もいないから」

「おお、ありがとう……」

おれがお礼を言うと、ニコッと笑う。

「それじゃね、小沼くん。……頑張ってね」

去り際、背中越し。ぼそっとつぶやく声が聞こえた。

「久しぶりに『あまね』って言ってくれたと思ったのになあ……」


市川が出ていくのを確認すると、持ってきたギターケースから弦の錆《さ》びたエレキギターを取り出して、床にあぐらをかいて座った。

自分のやりたいことを見つめ直すために、ヘッドホンから『わたしのうた』を再生する。

「やっぱり、良い曲だよなあ……」

聴き終わったおれは、ギターをジャカジャカと弾きながら思考を始めた。

改めて聴いてみて、この曲を超えようなんて考えていたこと自体が間違ってたんだ、と妙な実感が湧いてきた。

そもそも、この曲を超えるって、なんだ？

この曲よりも良い曲を作るってことか？

じゃあ、そもそも、良い曲ってなんだ？

その尺度はどこにある？　誰が決める？

より多くの人が感動してくれれば、それが良い曲っていうことになるのか？

『作りたいものを作るか、大衆に迎合したものを作るか』っていう、あれか？

そんなの、どっちもおれには作れはしないのに。

『作りたいもの』というのが文字通り、『自分が作りたいと望んでるもの』ということなのであれば、そんなものには全然まだまだ手が届く気がしない。

何曲作ったって、「これがお前の作りたいものか？　もうこれ以上はないか？」と聞かれたら、素直にうなずけるはずもない。言えても、「現時点では、まあ、そうです」くらいのものだろう。

とりあえず出来上がったものを事後的に「これが自分の『作りたいもの』です」と言いながら差し出せばいいんだったら、誰にだって、まあ、おれにだって出来るだろうけど。

『大衆に迎合したもの』なんて、もっと難しい。

自分の中の評価でごまかすことが出来ず、明確な結果が出てしまうものだから。

なんとなく見下されがちな考え方だけど、そんなことをそもそも出来ないおれからしたら、狙ったものを狙ったように作れるなんて、どんだけすごいんだよ、と思う。

『大衆に迎合したもの』と思って作ったって、そこに結果が伴わなければ、それが作れなかったということが明るみに出る。言い訳も出来なくて、かっこ悪さも全面に出てしまう。

むしろ、『大衆への迎合』を見下してる人たちは、その、才能が露《あら》わになることにビビって、『大衆への迎合』をダサいものみたいに仕立て上げて自分を守ってるだけなんじゃないかとすら思う。そんなの、ただの言い訳だ。

「自分は出来るけどやらないんです」みたいな顔して、自分でもそんな顔をしていることに気付いてもいない。出来ないだけのくせに、本気で自分の意志でそうしていると、自分にまで嘘《うそ》をついてる。

嘘じゃないっていうなら、じゃあなんで。

『平日』よりも『わたしのうた』に感動してるロックオンの観客を想像して、こんなにふてくされた気持ちになるんだ？

考えれば考えるほど、どの側面でも、分からなくなっていく。

左脳の兵隊が脳の周りを何周も行進する。


きっと、そもそも考える角度が違うんだ。

『ねえ、小沼くん？　小沼くんの曲は、小沼くんにしか作れないんだよ』

きっと、おれは、ａｍａｎｅを超えるとか超えないとか、考えるべきじゃないんだ。どうせ、敵う相手じゃないんだから。

『小沼くんが抱えてるその不安も不満も、喜怒哀楽も全部、小沼くんが曲にしなかったら誰も曲にしてくれないんだよ』

それなら、考え方を変えれば良い。何を作ったってオンリーワンなおれだけの音楽なんだから、ナンバーワンになんかならなくたっていいじゃんか。

『心には、勝ちも負けもないはずだよ』

そうだ、勝ち負けなんかない。市川に、ａｍａｎｅに勝つ必要なんかないんだ。

誰に敵わなくても良い。ありのままでいい。

だから、頼むよ。

……だったら、頼むよ。

おれのままでいいんだろ？　背伸びしなくて良いんだろ？　このままでいいんだろ？

どんな音楽だっていいんだろ？

……でも、だったら。なんで。

「なんで、鳴ってくれないんだよ……！」

おれは相変わらず音階を鳴らさないギターを抱えてうずくまった。

……その時。

「ちょっと、大丈夫？」

頭上から声がする。

声の主が誰かは分かったが、声が震えたりしそうなので何も返せない。

「へんじがない、ただのしかばねのようだ」

「おい……」

おれが、のっそりと顔を上げてそちらを見ると、

「うわ、死にそうな顔してるじゃん。まじでしかばねなんじゃないの？」

吾妻由莉がスカートをそろえておれの脇にしゃがみこんでいた。

「なんでここにいるんだよ？」

「器楽部、今日自主練日だし。ていうか普通に昼休みだし」

「昼休み……？」

おれがスタジオの掛け時計を見上げると、12時過ぎ。

え、おれ3時間以上も思考の沼にハマってたのか……？

愕然《がくぜん》とするおれに、彼女はそっと手を差し伸べてくれる。

「ほら、立って、小沼」

「お、おう……？」

「腹が減っては戦は出来ないんだぜ？」

Track 5：二人

2年6組の教室。

「小沼《おぬま》の席、どこだっけ？」

「そこ」

指差すと、吾妻《あずま》が座るので、おれは前の席の椅子を後ろ向きにして腰掛ける。

さすがに売店は夏季休業なので、二人で暑い中、最寄り（と言っても片道10分強）のコンビニに行って、二人しておにぎりを買って戻ってきた。

「コンビニって、缶のカルピスがないのが難点だよね」

そう言いながら吾妻は、カバンから缶のカルピスを取り出す。

「え、それ、家から持ってきたの？」

「あんたバカぁ？　学校の自販機で売ってるじゃん」

いや、そんな『なんで知らないの？』みたいな顔されても、缶のカルピス大好き人間じゃないから。あとなんでアスカだよ。

「ていうか、その食べ合わせってどうなんだ？」

「え、うそ。おかしい？」

吾妻は右手のカルピスと左手のおにぎりを目線の高さまで持ち上げて、むむむ、と眺めた。

「もしかして、高校生はおにぎりをカルピスと一緒に食べない……？」

「いや、むしろ高校生くらいしかそんな食べ合わせはしないと思うけど……」

おれが呆《あき》れ目でツッコむと、

「なんだ！　それなら、青春の味ってことじゃん！」

と良い笑顔を見せる青春部の部長さん。ブレないなあ、この人……。

「で、どうしたの？　あんな死にそうな顔して」

「いや、別に……」

おれが白《しら》を切ろうとすると。

「滅せ」

「痛っ……!!」

吾妻の若干厨二病っぽい掛け声と共におれのおでこに鈍痛が走る。

「ベーシストの指を弾《はじ》く強さを思い知った？」

「いや、弾く方向逆だろうが……。え、なんで今おれデコピンされたの？」

おれが額をさすりながら顔をしかめると、吾妻は呆れたようにため息をつく。

「そんな辛気臭い顔して、何が『いや、別に……』だっての」

……そのおれのモノマネ、すげえスカしてて嫌なやつっぽいんだけど。

「青春は一秒たりとも待ってくれないんだよ？　ほら、今一秒減りました。あ、また一秒。あ、また……。かっこつけて『いや、別に……』とか言ってる暇があるならとっとと話した方がいいでしょ」

「そんなもんか……？」

「……また五秒過ぎた」

「ちょっと、それやめて、焦るから……！　話すから……！」

時限爆弾みたいになっている吾妻を制して、おれは一息吸って告白する。

「……曲が、出来ないんだ」

「夏休み入ってからずっとそうじゃないの？」

「まあ、そうなんだけど……、ここで出来ないとおかしいって雰囲気だったのに、出来ないっていうか……」

吾妻は鼻から息を吐く。

「覚醒回を迎えるフラグが立ったのに覚醒しないってこと？」

「ああ、うん……そんな感じ」

身も蓋もない喩《たと》えだけど、分かりやすいなあ……。

「んー、そっか。順を追って話してくれる？　ゆっくりでいいから」

「ゆっくりでいい、って、吾妻、このあとも練習あるんだろ？　青春は待ってくれないんじゃないのか？」

「小沼の話を聞く時間を、あたしは一秒たりとも無駄だとは思わないよ」

まじか。吾妻ねえさん、底抜けに良いやつだな……。

「ほら、聞かせて？」

吾妻が姉笑いで小首をかしげる。


かいつまんで話すスキルのないおれは、吾妻の言葉に甘えて、昨日から今までにあったことをあらかた全部話した。吾妻はおにぎりを食べながらも、丁寧にあいづちを打ちつつ、真剣な顔で話を聞いてくれる。

「……って感じなんだけど、どう思う？　おれ、もう無理なのかな……」

「んー、えっと、その前に、今の話の中で気になるところがあった」

吾妻は目をつぶって眉間を揉《も》みながら、もう片方の手のひらをおれに向けた。

「なに……？」

「え、今日このあと、さこはすと地元の花火大会行くの？」

「ああ、うん……」

「まじか……!!」

目を見開く吾妻。

「え、小沼、分かってる？　男女二人で花火大会に行くんだよ？」

「いや、そんなおおごとじゃなくって……。もともと沙子《さこ》とは小学校時代までは一緒に行ってたんだよ」

「小学生時代の話じゃん！　いや、それはそれで可愛《かわい》い話だけど！」

「大袈裟《おおげさ》だって、別に花火大会くらい……」

おれがそう言うと、その大きな瞳がすっと細められる。

「……その発言するのって、よっぽどチャラいやつか、よっぽどの鈍感バカだよ？」

「うっ……!?」

吾妻にじろっとにらまれて身がすくむ。

「ねえ小沼、あんたのそういうの、どれくらい本気なの……？」

「どれくらい本気って……」

戸惑って、うまく返事が出来ないでいると、吾妻が大きくため息をついた。

「……小沼が曲を作れない本当の理由は、それかもね」

「ん……？」

「小沼は自分に嘘ついてるから、曲に出来るような『意思』がないんだ」

「嘘……？　意思……？」

吾妻は「何から話したらいいかな……」とこめかみを指で叩《たた》く。

「んーと……小沼さ、ロックオンの前に、円陣組んだの覚えてる？」

「ああ、そりゃ、まあ。あんなことなかなかないし……」

「あの時小沼は、『憧れているものに手を伸ばすために』って、そう言ってたじゃん」

吾妻はそこで一息ついて。

「もう、それはやめたの？」

「やめるもなにも、あれはあくまでも、あのライブの目標っていうか……」

……どうしてだろう。

吾妻の質問がいちいち息苦しい。いちいち言葉に詰まって、いちいち胸が詰まる。

そんなおれの胸中を知ってか知らずか、強い眼差《まなざ》しでおれをじっと見つめる。

「じゃあ、小沼にとっての『憧れ』って何？」

「それは……、ａｍａｎｅかな、と思うけど……」

「……ａｍａｎｅ？　それとも、市川天音《いちかわあまね》？」

「いや、そんなの、同一人物だろ……？」

吾妻の質問の意味が分からず、顔をしかめた。

「その違いって、すっごく大事なんだよ」

「分かんねえよ、そんなの……」

吾妻は、ふう、と一息ついて話を続ける。

「じゃあ、小沼が本当に憧れていたのは、『彼女』の何？　歌声？　コード進行？　フレーズ？　歌詞そのもの？　演奏技術？」

その質問に、いつかの、市川の言葉が浮かんだ。

『メロディも、コードも、リズムも、歌詞も、そういう形の部分は、外見の部分は、その感情を表現した時の結果でしかないんだよ』

「……どれか一つじゃ、ないと思う」

「うん、そうかもね。全部が正解だけど、全部が不正解。……これは、あたしの場合だけど、」

吾妻は何度かうなずいてから、話を続けた。

「あたしが『わたしのうた』に憧れたのは、そこに存在する『思い』だよ。表現しようとした『意思』そのもの。それで、その意思の源泉である、市川天音という人間に憧れた」

「そう、か……」

「音楽が生まれる源には、意思があって、その意思を持った人間がいると思う。じゃあ、さ」

吾妻は、ふう、と息をつく。

「今、小沼に意思はある？　小沼拓人《たくと》は、そこにいる？」

「それは……」

相変わらず言《い》い淀《よど》むことしか出来ないおれは、どこまで情けないんだろう。

「小沼、ごめんね。本当に、かなり辛辣なこと、言うんだけど……」

「お、おう……？」

吾妻は一度目を閉じてから、しっかりと見開いておれを見つめる。

「あたしは、小沼自身の意思を見たことが一回もないよ」

「……！」

何も言えなくなっているおれに吾妻は続ける。

「小沼は、受け身すぎるよ。全部が全部、受け身」

「受け身……？」

意味が、分からない。

おれの何かが、理解を拒絶する。

「小沼はさ、いつも、されるがままだよ。天音のこともそう、英里奈《えりな》のこともそう、さこはすのこともそう。差し伸べられた手を握って、言われたことにうなずいて。頼ってくれた人を助けて、求めてくれた人に求められたものを差し出すだけ」

吾妻は、ふと、寂しそうに笑う。

「誰にだって出来ることじゃないことは分かってる。それで助けられた人もいる。素晴らしいことだし、正しいことだと思う。……でも、それだけなんだよ」

「吾妻……」

「ねえ、小沼。自分で、考えなきゃ。自分で、選ばなきゃ。自分の意思を持たなきゃ」

おれを、しっかりと見つめ返してくる、二つの大きな瞳。

「相手の気持ちにも、自分の気持ちにも気づかないふりして、いろんなこと曖昧にして、いろんなこと、なあなあにして、そうやってなんとなく生ぬるく過ごす方が、楽だし、心地いいかもしれない。何も壊れないし、それなりに楽しくて、嫌なことも少ないかもしれない」

そこで、吾妻は唾を飲み込んで、

「……でも、そうじゃないじゃん」

自分の言ったことを真っ向から否定する。

「そんな『そこそこ』みたいな、そんな青春を過ごすために生きてるわけじゃないじゃん。満点を余裕で突破するみたいな、そんな青春にしたいじゃん。そんな人生にしたいじゃん」

「……そう、だよな」

　正直、自分からそんなことを思ったことはなかった。

　でも、『そこそこの人生』と『ぶっちぎりの人生』、どっちがいいかの二択なら。

　……おれはもう、後者を選びたいと思ってしまう程度には毒されているみたいだった。

「音楽だってそうだよ。閉じこもって、守って、鈍いままの、そんな曖昧な音楽じゃ何にも伝わらないよ、何にも届かないよ」

「音楽、も……」

「汚くてもいいんだよ。わがままでもいいんだよ」

　すぅーっと息を吸って、吾妻はおれの両頬《ほお》を挟んで、まっすぐに顔を覗《のぞ》き込んでくる。

「『本当の気持ち』から、目をそらすな、小沼」

「っ……!!」

　息を呑《の》む音が二人きりの教室に響いた。

　そっと、吾妻の手が離れていく。

「『本当』は怖いよ。『本当』は痛いよ。本当は……このままがいいよ。だって『本当』は、剝《む》き出しの自分自身なんだから。だけど、」

　吾妻は、じっとおれを見て、微笑《ほほえ》む。そして。

「憧れられるくらいの意思を、見せてよ。小沼拓人の『本当』を、見せてよ」

……その目が、水滴で光った。

「吾妻……？」

「……うわ、なんだこれ。ごめん、なんかエモくなっちゃった、かも」

吾妻は慌てたように目尻を拭う。

「大丈夫か……？」

「うん……、てか、あたしの心配とかいいから」

何かを振り払うみたいに小さく首を横に振って。

「ちゃんと、考えて」

その眼差しに、吾妻に言われたことを、もう一度、反芻《はんすう》する。

まだ咀嚼《そしゃく》するにも大きすぎる、固すぎる、苦すぎる、その事実を、それでもおれは、飲み込まなくちゃいけないいんだろう。

「曲を作ろうとするのは、それからだよ。小沼が音にしたいこと、探さないと。だから……まずは、ちゃんとさこはすと向き合って」

「なあ、それって……」

吾妻の言わんとすることが分かって、分かるだけに分からなくて、眉間にしわを寄せていると、

「……小沼」

吾妻が真剣な顔でおれの胸ぐらを掴《つか》んで、きゅっと自分の方に引っ張り、唇を耳元に寄せて

くる。

「鈍感すぎだよ、ばーか」

「……!?」

呆《ほう》けたおれを解放して、吾妻は立ち上がり、こちらにギターケースを差し出した。

「あたし、自主練に戻るから、先に帰って？　ついでにロック部のスタジオの鍵も閉めといてあげる」

「いや、それくらい自分で……」

「いいから、早く行け！　今日、花火大会に遅刻したら、あたしが許さないから」

そして、いつもみたいにかっこよく笑う。

「……分かった、ありがとう。吾妻」

「……早く行って」

伏し目がちになった吾妻に物理的に背中を押されて、おれは教室を出た。

焦燥感に足が段々と勢い付き、次第に駆け足になっていく。

『憧れられるくらいの意思を、見せてよ。小沼拓人の「本当」を、見せてよ』

……おれは、その答えを見つけられるだろうか。

＊＊＊

「はあーあ……」

教室を出ていくダサい背中を見送り、あたしは、ひとり、ぽつんと、ため息をついた。

席に座りながら、天井を見上げる。

「まじか、あたし……」

突然こぼれた涙に、自分でも気付いてなかった想《おも》いを知ってしまった。

……でも、まだ、大丈夫。

これくらいの気持ちなら、フタを出来る。

まだ始まってもない、こんな気持ちなら、なかったことに出来る。

「だって、あいつだよ？」

かっこよくもない、強くもない、情けない男子。

あたしの好きな少年マンガだったら、確実に主人公にはなれないような、そんなやつ。

『あたしは、小沼自身の意思を見たことが一回もないよ』

でも、そんなあいつが、本当は、たった一回だけ、自分の意思で伝えてくれたことがある。

『おれが曲を作れたら、その時は、また歌詞を書いてくれるか？』

あんなに受け身でどうしようもないやつだけど、たった一人だけ、あたしの大事なものを真っ向から認めてくれた人。

『やっぱりおれは他の誰でもなく、吾妻に歌詞を書いてもらいたいって思ったから』

あいつの言葉が嬉《うれ》しかったのは、認める。

あいつの言葉に助けられたのは、認める。

……あいつが大切だってことは、認める。

「……鈍感すぎだよ、ばーか」

今、あいつに『本当の気持ち』を気付かせたら、選ばせたら、その選択肢にあたしがいないことは明白だ。

でも、だからこそ、あたしが言うしかなかった。

だって、あたしは、『そういうの』と無縁の友達なんだから。

だからこそ、あたしはあいつと、みんなと一緒にいられるんだから。

ふにゃりと力が抜けてしまい、あたしはそっと、顔を伏せてその机に右耳をあてる。

『小沼こそ、市川さんの正体がａｍａｎｅ様だって知ってたの？　それでａｍａｎｅ様の机に耳をこすり付けようとしてたってこと……？』

すると、視線の先。

窓際に、スポットライトみたいに陽《ひ》の光を綺麗《きれい》に浴びた、天音の席が見えた。

その光は、その景色は、なんでだろう、全然分かんないけど、段々とぼやけて、にじんで、広がって、やがてあたしの視界の全部になる。

震える口元を押さえつけようと、必死に下唇を噛《か》み締《し》める。

だめだ、泣くな。

ここで泣いたら、戻れなくなる。

『「本当の気持ち」から、目をそらすな』

……ああ、そうか。

「これが、本当の気持ちなんだ……」

……ごめんね。本当の気持ちを見つめることが、こんなに苦しいんだって、こんなに痛いんだって、あたし、知らないまま言っちゃった。

でも、それなら、あたしが出来ることは、ひとつしかない。

自分の本心を受け入れて、その上で。

……優しく、強く、あいつの背中を押そう。

「……がんばれ」

平気なふりして、また笑ってみせた。

「……さよなら」

たった一つだけの、あたしの初恋。

Track 6：KissHug

おれはギターを背負ったまま、一夏町《ひとなつちょう》駅にたどり着く。

時計が指す時間は、集合時間の2分前。結局ギリギリになってしまった。吾妻《あずま》に部室のこと任せてよかったな……。

「拓人《たくと》、大丈夫」

おれが胸を撫《な》で下ろしていると、よく知った声に話しかけられる。

「おう、沙子《さこ》……」

そして顔を上げて、言葉を失った。

「ギター、どうして持ってきたの」

「…………」

「……拓人、無視しないで」

「……あ、いや、す、すまん」

……10年近い付き合いの女子の浴衣姿に見惚《みと》れてしまったなんて、言えるわけない。

「ギター、どうしたのって聞いてるんだけど」

沙子が0・数ミリ顔をしかめる。

「あー、その……学校で曲作ろうとして持ってって、そのままこっちに……」

「……作れたの」

「……いや、まだ」

「……そっか」

沙子は小さくうなずく。

「大丈夫。拓人には、うちがついてる」

「沙子……？」

やけに決意のこもった感じの言葉に首をかしげていると、沙子は不愉快そうに目を細めて、おれを見る。

「……つーか、感想とか、ないの」

0・数ミリ口をとがらせながら沙子は両腕を広げた。

さすがのおれでも、浴衣の感想を求められていることくらいは分かった。

沙子が着てきたのは、藍色の地に、白や桜色の鮮やかな花火があしらわれた浴衣。帯は濃いめの黄色だ。綺麗《きれい》な色だなあ、と帯をぼんやり眺めながら、

「なんというか……その、やっぱり……似合うな。……と、思いますけど……」

と、なんとか伝える。

「……あっそ」

せっかく引きずり出した言葉の甲斐《かい》なく、沙子はそっぽを向いてしまった。

ただ、その斜め後ろから見た口角は0・数ミリ上がっているようにも見える。

それはそれでなんかむずむずと恥ずかしいんだけど……。

「……じゃ、行こ」

「お、おう」

一夏《ひとなつ》中学校へと歩き出した沙子の下駄《げた》がカランコロンという音を響かせ、今さらおれはTシャツにスニーカーという風情のない格好で来てしまったことに気付く。どう考えても邪魔なギターまで装備している始末だ。

「……なんか、おれ、普段着ですまん」

「別にいい、けど」

沙子は振り返って言う。

「拓人の浴衣姿は、かっこよかったから、また見たい」

かっこよかった……？　おれ、沙子の前で浴衣着たこととかあったっけ……？


駅から、今日の目的地・一夏中学校までは歩いて15分くらい。

今日は花火大会だから、その道の脇にずらーっと、屋台が並んでいる。

チョコバナナ、金魚すくい、射的、焼きそば、フランクフルト、わたあめ、お面屋さん、ベビーカステラ……。色々な匂いが混ざって、夏祭りの匂いになる。

ちなみに、なぜ一夏中に向かっているかと言うと、一夏中の校庭にレジャーシートを敷いて花火を見上げるのが地元民の定番の楽しみ方だからである。

「拓人、高校からってことは、レジャーシート持ってきてないでしょ」

「やば、そうじゃん……」

沙子の質問にハッとする。悠長に『地元民の定番の楽しみ方だからである』とか解説してる場合じゃなかった。沙子が浴衣着てくるなら、どう考えてもおれの役目だよなあ……。

「すまん……」

「ま、大丈夫。どうせ、他のとこで見るから」

「他のとこ？　一夏中じゃなくて？」

「一夏中だよ」

ん？　なぞなぞかなんか？

「まあ、任せて」

おれが首をかしげていると、沙子がやけに頼りがいのある感じで胸を叩《たた》く。

「まあ、そう言ってくれるなら……。ていうか、夕飯どうする？」

花火まで少し時間あるし、一夏中に着くまでの道中で腹に入れておきたいところだ。

「うち、焼きそば食べたい」

すると、沙子が、少し前方に並んでいるものすごい行列を指差した。

「いや、こんなに並ぶものじゃなくてもよくないか？　もっとすぐ食べれるやつにしようよ」

「やだ、絶対焼きそばがいい」

無表情のまま、首を振る沙子。イヤイヤ期の子供かよ……。

「うち、拓人が買った焼きそばを食べたい」

「……おごれって言ってる？」

「そうじゃなくて、」

キラキラと目を輝かせて、沙子が言い直す。

「拓人が持ってる焼きそばが食べたいんだってば」

まったく情報量増えてないんだけど……。最近、おごらされてばっかりだなあ、おれ。

「……分かったよ、そんじゃここに並ぼう」

「うん、並ぶ」

珍しくテンションの高い沙子と話していると、順番が回ってきたので、焼きそばを二つ、全額おれのお金で買った。

「ねえ、拓人。焼きそば、ちょうだい」

「はいよ」

おれが焼きそばと箸を渡そうとすると。

「……何やってんの？」

……沙子が口を開けて待っていた。

「食べさせて」

「はあ……？」

何、本当にこの人、童心に返りすぎじゃない？

ていうか、そういう、なんていうの？　その、食べさせてやるとか、おれ、やらないんだけど？　小さな頃に妹にしてやってた時期があったかな、ってくらいで……。

「拓人」

「……無理」

ねだってくる沙子に焼きそばと割り箸を渡して、おれはズンズンと前に進む。

「あ、拓人、あれ」

焼きそばを食べ終えて、また数分後、Tシャツの裾を引っ張られた。今度はなんだ……？

沙子が指差した先には、射的の出店。

「ああ、うん……。あれが何？」

「昔、拓人があれで景品取ってくれた」

「は？　そんなことあったか？」

まったく覚えてないんだけど……？　だいたい、おれ射的とか得意じゃないし。

「うん、絶対、取ってくれた。ピカチュウのソフビ人形、ちゃんとまだ持ってるもん」

「そうですか……」

あげた記憶のないものを大事にされているというのは、なんとも言えない気持ちになるもんだな……。自分がすごく冷たいやつに思える。

そもそも最後に射的をやったのはいつだったっけ？　最後にも何も、射的をやったのなんか、昔、迷子になったピカチュウをあやすためにやった一回くらいしか……。

……いや、待てよ？

脳の奥の方から、記憶を手繰り寄せる。

そうだ。

おれは確かに一回だけ、ピカチュウのお面をかぶった迷子の女の子に、ピカチュウのソフビ人形を、この射的で取ってあげたことがあった。

「ってことは、もしかして……！」

沙子が期待するような目をして、にんまりと口角を上げる。

「沙子が、あの時のピカチュウなのか……？」

「ばか拓人、やっと気づいたの？」

＊＊＊

10年以上前の、一夏町の花火大会のこと。

あれが、うちが花火を好きになったきっかけで、そして、今日まで続いているこの『癖』の始まりだった。

父親と一緒に夏祭りに来ていたうちは、大好きなピカチュウのお面を買ってもらって、それをかぶりもせずに紐《ひも》の部分を持ってぶらぶらさせながら（だって、かぶっちゃったら、うちからはピカチュウが見えなくなっちゃうし)、大喜びではしゃぎまわっていた。

「沙子、人にぶつかるなよー」

「うん！　分かってる！」

などと言いつつ、ちっとも分かってないうちは、お祭りの熱気にあてられたのか、次の瞬間、父親の手を放し走り出していた。

「あ、沙子！」

父親がすぐに追いかけてくれるだろうと思って走っていったんだろう。(いや、それも意味不明だけど)

でも、当時、同い年の中でも小柄な方だったうちは、人混みをすり抜けて走っていく技術に無駄に長《た》けていたらしく、音楽オタクで運動神経のない父親を難なく引き離した。

……その結果。

1分後、うちは、完全に親とはぐれていた。

ひとりぼっちになったと気付いた瞬間、急激に心細くなって、泣きそうになる。

『沙子は泣き虫だなあ』

ふと、父親に普段言われている言葉が頭によぎった。

父親はからかうくらいの気持ちで言っていたんだろうけど、当時のうちにとっては泣くことがなんだかすごく恥ずかしいことみたいに思えて。

それで、手に持っているお面のことを思い出した。

これをつけたら、表情が隠れるじゃん。まわりから見たら、ピカチュウが笑っているようにしか見えないもん。

うちはピカチュウのお面をかぶって、声をあげないように、そっと泣いた。

今になって思うと、これが父親がうちを探しづらくなる原因になったんだ。

声をあげるなり、お面をかぶらないなり、やりようはいくらでもあったのに、うちはどんどん見つかりづらくなる行動を選んでいた。

「おー、ピカチュウが浴衣着てる、可愛《かわい》い」「一人で来たのかな？」「いやー、近くに親がいるでしょ」

道を行く人たちがうちの方を見て微笑《ほほえ》ましそうに通り過ぎていく。

見られているのが恥ずかしくて、一番近くの暗がり、焼きそば屋台の陰になったところまで歩いて、うずくまった。

ただでさえ小柄なうちがうずくまって、目立たないところに移動して、ますます見つかりづらくなる。

それなのに。

……彼だけは、そんな中、うちのことを見つけたのだ。

「え、泣いてんの？」

頭の上からいきなり声をかけられ、顔を上げると、浴衣を着た同い年くらいの男の子が、焼きそばとわたあめを片手に一つずつ持って立っていた。

「な、泣いてない」

お面をしているのに、どうして彼はうちが泣いていると分かったんだろう。

「いや、泣いてるじゃん。……迷子？」

「迷子じゃないもん」

「じゃあなんだよ……」

あきれたようにため息をつかれてしまう。

うちは、それがなんだか怖くて、悔しくて、悲しくて、また涙が出て来た。

「ああああ……」

目の前の男の子がおろおろとし始める。彼には、お面越しでもうちの涙が分かるらしい。

彼は何かを探すみたいに、ぐるぐるとあたりを見回し、声をあげる。

「あ、あった！」

「なにが？」

「お前、ピカチュウ好きなんだろ？」

「うん……」

なんでそれが分かったんだろう、この人にはなんでも分かっちゃうんだな、と思った。（そりゃ、ピカチュウのお面かぶってるからだよね、分かってる。その時のうちがそう思ったたって話）

「じゃあ、おれがあそこでピカチュウの人形とってやるから、元気出せよ」

そう言って、彼は射的の店を指差す。

「とれるの……？」

「うん、まあ、たぶん……がんばれば……」

急に頼りなくなる彼がなんだか面白くて、ふふっと少し笑ってしまった。

「お、笑った？」

「笑ってない」

うちはお面の下、急いで真顔を作る。

「そうかあ……」

だって、笑ったら、きっと彼はピカチュウをうちのために取ってくれない。

だって、笑ったら、きっと彼は安心してうちを置いてどこかに行ってしまう。

「じゃあ、やってみるか……」

そう言って彼はお店までトコトコと歩いていき、お店のおじさんに声をかける。うちは置いていかれたくなくて小走りでついていった。

「お金、持ってるの？」

「おかあさんから、１０００円ももらったから。まだおつりがある」

「そうなんだ……」

同い年くらいなのに、彼は一人で買い物が出来るんだ。

かっこいいな……と、そう思った。

肩にかけた和柄のサコッシュ（うちのことではない）からお金を取り出そうとして、彼は自分のふさがっている両手を見た。

「えっと、これ、持ってて」

そう言って、焼きそばとわたあめをうちに手渡してきた。これで、うちの両手がふさがってしまった。

彼は子供用の台に上がって、銃を構える。

持ち弾は5発。

だけど、小さな子供にそう簡単に扱えるようなものでもないらしく（しかも、今になって思うと、『彼』は運動音痴だ）、4発目までは完全に外れ。

「うーん、うまくいかないな……」

すると、5発目の前に、となりで射的を楽しんでいたらしい学ランを着た中学生が彼に声をかけてきた。

「お前、あのピカチュウが欲しいのか？」

声変わりしたてだろうか。年の割には低い声で、そう言う。

「おれっていうか、こいつがほしがってるんだ」

「ふーん、なるほど。……ああ、ピカチュウ好きなんだな」

中学生はニカッと笑って、彼に身を寄せた。

「じゃあ、俺が撃つのと合わせて、撃て」

「え？」

彼は首をかしげる。

「まあ、いいからいいから」

そう言って中学生は銃を構えた。

それを見て、彼も首をかしげながらも銃を構える。

「いくぞ、3、2、1……撃て！」

二つの銃が、カチカチッと同時に音をたてる。

その瞬間。

「やった!!」

ピカチュウのソフビ人形が落ちた。

「おお、すごいな少年！　あれはお前が当てた人形だ！」

中学生が拍手している。

その横から人形を拾った射的屋のおじさんが、優しい顔で中学生に声をかける。

「いいのかい？　君のおこづかいなんじゃ……」

「いいからいいから」

「粋だねえ、まだ中学生なのに。いいよ、おまけしとくよ」

「まじっすか、ありがとうございます！」

お店のおじさんと中学生がそんな会話をしたあと、

「はい、君が取った人形だよ」

「良かったな」

「ありがとう！」

彼はお店のおじさんからソフビ人形を受け取って、中学生に頭をなでられていた。

「ほら」

受け取った人形を、今度は彼がうちに差し出してくれる。

まごついていると、彼はうちから焼きそばを取りあげて、その手に人形を握らせてくれた。

「あ、ありがとう……」

「これで元気出たか？」

ソフビのピカチュウを見ながらぼーっとしていると、彼に尋ねられる。

「う……」

『うん、ありがとう』とそう言いかけて、慌てて口を閉じた。

だって、うちが元気になったらきっと、彼はどこかへいっちゃうから。

「えっと、えっと、あのね……」

「ん？」

なんて言えばいいんだろう。

なんて言えば、まだ一緒にいてくれるだろう。

考えていると、ぐぅー……、とうちのお腹《なか》が鳴った。

「……おなかすいてんの？」

「……うん」

……嘘《うそ》はついてない。

すると彼は、『んー』と少し考えたあとに、

「まあ、おれが食べる分減らせばいいか……」

と言って、焼きそばをこちらに差し出す。

「一口だけならやるよ」

「あ、ありがとう……」

とは言うものの、うちは右手にはソフビ（このタイミングでもう宝物になってたんだと思う）を握り、左手にはわたあめを持っていて、両手がふさがっている。

「どうしよう……」

彼を見ると、彼は焼きそばをおはしでつまんで、差し出してくる。

「ほら。……ていうか、お面で食べられないか」

彼がそう言うので、うちはソフビの方の手でお面をずらす。

「いや、全部取ればいいのに……」

そう言いながら、彼が焼きそばをうちの口に運んでくれた。

なんだか、多分そんなにおいしい焼きそばじゃなかったんだけど、今までに食べたことのないくらい、すごく夏の味がするなあと思った。

『間も無く、第一部が始まります！　10、9、8、……』

　その時、どこかからアナウンスが流れてきた。

「お、花火」

　彼が空を見上げるのにつられて、うちもお面を直して上を見た。

『3、2、1……』

　ドーン、という大きな音と一緒に、空に大きな花火が上がった。

「わあ……」

「すっげえー……」

　彼はこちらを振り返って笑う。

「さすがに元気出ただろ？」

　うちがとっさに首を振ろうとすると、彼が言葉を続ける。

「花火きれいだし、花火が終わるか、家族が見つかるまでそばにいるよ」

「……うん!!」

　うちは満面の笑みでそう返すのだった。

　あの瞬間以来、うちは、花火が大好きだ。

　うちが泣いていても、笑っていても。

　彼がちゃんと、そばにいてくれるから。

花火が終わる頃、

「沙子！」

やっとうちを見つけた父親がうちを抱きしめ、ひとしきり叱られたあと、彼にお礼を言おうと振り返ると、もうすでに彼の背中は少し離れたところにあった。

「あれ……」

名前も聞けてないのに。

追いかけようとしたうちを、父親がぎゅっと抱きとめる。（さすがに一日二回も同じことになったら大変だもんね）

うちは、その背中が見えなくなるまで、本当に小さくなるまで見ていた。

お面を外したうちの顔を見て、父親が、

「沙子は泣き虫だ……あれ、泣いてない？　パパと会えて笑うとか泣くとかないの……？」

と戸惑いを見せる。

うちはそっと、うなずきを返した。

「こうしてたら、また、見つけてくれるから」

今はもうすっかり癖になってしまっただけだけど、その日以来、うちは、『無表情』というお面をいつもかぶっている。

いつか、また見つけてもらえるように。また、会えるように。

そして、次に会えたら、もう離れないで、ずっとそばにいてもらえるように、と。

＊＊＊

「拓人、あの時、すごくかっこよかったよ」

「そうすか……」

泣き虫のピカチュウが沙子だったと知らされ、10年以上遅れて照れくさいやら恥ずかしいやらで、顔が熱くなる。

その夏祭りはおれにとって、はじめてのおつかいだったのだ。今思えばきっと親が物陰から見ていただろうし、焼きそば屋さんもわたあめ屋さんも親の知り合いがやってたとかそんなところだろう。

「ていうか、そんなこと、なんで今まで黙ってたんだよ？　小学校で会った時に言ってくれればよかったのに」

「だって、拓人から気付いて欲しかったんだもん」

「『だもん』て……」

やっぱり、今日の沙子は微妙に子供返りしてるなあ……。

「じゃあ、今年はなんであんなにヒントをくれたんだ？」

「去年、拓人とケンカしてから初めて花火大会に来た時に、」

沙子はおれの目をまっすぐに見て、言い切った。

「待ってるだけじゃ、無くしちゃうことがあるって知ったから」

沙子の眼差《まなざ》しに気圧《けお》されて、目をそらしてしまいそうになるおれは、小さな頃の自分に学ぶべきことがあるのかもしれない。

「そう、か……」

そんな話をしていると、一夏中学校の前まで着いた。

「拓人、こっちこっち」

沙子はおれのTシャツの裾を引っ張りながら中学校の校門をくぐり、

「は、こっち？　校庭じゃなくて？」

そのまま、校舎の裏口から、中学校の校舎へと入っていった。

「うん、入れるから」

「いや、セキュリティ、ガバガバだな……」

こんなに簡単に入れちゃっていいのか……？

「今日、夕方までは普通に部活があって、先生もいるから、まだ閉めてないんだよ。先生も視聴覚室でみんなで見てるみたい」

「よく知ってんな、そんなこと」

「リハーサル済みだから」

０・数ミリのドヤ顔をこちらに向けてくる。

それにしても、夜の学校っていうのはやっぱり結構怖いもんだな……。

おっかなびっくり足を進めてたどり着いたのは、音楽室の横にある楽器庫だった。

「おお、懐かしいな……」

15畳くらいの部屋に、所狭しと楽器が並んでいる。

壁際の棚には管楽器や譜面が、部屋の真ん中にはティンパニや木琴が。そして、部屋の奥、窓際にはドラムと、膝上くらいまでの高さのベースアンプが置いてあった。

「ここ、花火がすごく綺麗《きれい》に見えるんだよ」

窓際に寄って、沙子が言う。

「へー、そうなんだ。……え、なんでそんなこと知ってんの？」

「去年、一人で来たから」

「一人で？　わざわざここまで？　不法侵入して？」

おれの三つの質問に、沙子は律儀に三回うなずく。

「去年は拓人、いなかったじゃん。だから、代わりに、いつも一緒にいた、ここで見たらいいかなって思って」

「そう、なんだ……」

こういう時どんな顔すればいいか分からないんだよな……。

「……ここでいつも、練習してたよね」

「そうなあ……」

沙子が振り返って、部屋の方を見るので、おれも窓を背に、室内を改めて見回した。

楽器庫は名前の通り楽器を置く倉庫なので、他のパートはここから楽器をとって、空き教室や音楽室で練習していたのだが、ドラムについては移動が面倒なので、楽器庫自体で練習をしていた。それに合わせて、ドラムと一緒に練習することの多いベースも、楽器庫での練習が多くなったというわけだ。

「……拓人の曲を初めて聴かせてもらったのも、ここだった」

「……そう、なあ」

沙子にあの日言われた言葉が蘇《よみがえ》って、胸がまだ、ほんの少しだけど痛む。

「……拓人、本当にごめんね」

「いや、もう、全然大丈夫だから」

おれは笑って返す。笑えるようになってよかったな、と本当に思う。

「でも、もう、友達にあんなひどいこと言うなよ？」

冗談めかしておれが言うと。

「……拓人は、友達じゃないもん」

沙子は、そう返してきた。

「え？　ん？　ああ、幼馴染《おさななじみ》、だっけ……？」

沙子が以前、吾妻とも同じようなやりとりをしていたことを思い出す。

別に『友達』と『幼馴染』を両立したっていいと思うのに、たまに沙子はかたくなだ。おれ、ただでさえ友達少ないんだから減らさないで欲しいんだけど……。

「それもそうだけど、初めて会ったあの花火大会の日からずっと、」

沙子はおれに向き直って、そっと告げる。

「拓人は、うちの、憧れなんだ」

それは、おれがあの日、市川《いちかわ》に伝えた言葉と一緒だった。

「それって……」

偶然、か……？　それとも……？

「うちはね。その憧れに救われて、その憧れを目指して、その憧れに励まされて、その憧れに傷ついて……そうやって、これまでずっと、生きてきた。うちが今ここにいるのは、拓人のおかげだし、拓人のせいだと思う」

そこまで言って、沙子は笑うみたいに吐息を漏らす。

「だからね、『憧れ』がどれだけ大切かって、分かっちゃってるんだ」

おれは、沙子の一言一言を、静かに受け止めることしか出来ないまま。

「拓人は、ロックオンの出番の前、円陣組む時にさ、『憧れているものに手を伸ばすために』って言ってたじゃん」

「そう、だな……」

それは、奇《く》しくも、吾妻が今日おれに確認してきたことと同じだった。

「『憧れ』に届かなかったら、不安なんだよ。苦しいし、負けそうになる。多分、拓人が曲を作れなくなったのも、そういうことなんだよね」

沙子は、大きく深呼吸をする。

「それで、うち、分かっちゃったんだ」

そして、何かを我慢するみたいに、下唇を噛《か》んで、

「うちにとっての拓人が、拓人にとっては市川さんなんだよね？」

語尾を上げて、はっきりとおれに問いかけた。

「おれ、は……」

「だけど、一個だけ、忘れないで」

なんとか答えようとしたおれの声を、沙子が遮って、続ける。

「拓人は、うちの憧れなんだから、勝手に、誰かの劣化版なんかに成り下がんないでよ。拓人がａｍａｎｅの下位互換だなんてそんなこと、ありえない。拓人は拓人のままでめちゃくちゃかっこいい。じゃないとさ、」

そう言って、沙子は優しく笑う。

「拓人に憧れてるうちが、バカみたいじゃん？」

「沙子……」

腑《ふ》抜《ぬ》けた返事をしながらそのまま、窓を背に、ベースアンプの上に座り込んだ。

すると、沙子は、そっと、おれの背中にもたれかかるように、背中合わせで窓の外を見ながら座る。

「拓人、うちは本当に、何にも持ってない。ゆりすけみたいな歌詞も書けないし、英里奈《えりな》みたいに中身も外身も可愛《かわい》くないし、市川さんみたいに拓人が何百回も聴くような曲も作れない」

それは、ａｍａｎｅを苦しめていたのが沙子の投稿だと分かった日の言葉と、よく似ていた。

「……だけど」

沙子がすぅっと息を吸う音がする。

「拓人のそばにずっといたい。誰よりも先に、誰よりも強く、そう思ってる」

おれは、その言葉に息を呑《の》んだ。

「もう、拓人と離れて、あんな思いするのは嫌なんだ」

沙子の声がうるんでいくのを、おれは背中越しに聞いていた。

その表情を見てはいけない気がして、おれは相変わらず暗い室内を見たまま。

「……おれだって、」

あんな思いをするのはもう嫌だ。と、そう伝えようとしたその時。

『間も無く、第一部が始まります！　10、9、8、……』

窓の外から、花火開始のカウントダウンが聞こえてきた。

「拓人、花火があがるよ。こっち向いたら」

「お、おう……」

『3、2、1……』

おれが、窓の外を見ようと、振り返り。

ズゥン、と、ドラムとベースの間みたいな大きな音を立てて花火が空に開いた、その瞬間。

「ん……！」

おれの唇に、何か、柔らかいものが押し付けられていた。

見開いた目の前に、目を閉じた沙子のまつげが、頬《ほお》が、あった。

その柔らかい感触が沙子の唇だと気付くのに数秒かかり、理解するのにまだ追いつかないでいるまま。

顔を真っ赤にした沙子が、すっと、離れる。

「これでもう一生、拓人は、うちのこと忘れられない、でしょ？」

花火に照らされた、沙子の笑顔と、その頬に伝う涙。

唇についた少し塩辛い雫《しずく》と、空に開く大きな大きな色彩。

身体《からだ》全体を大きく打つその音が、鼓動なのか、花火の弾《はじ》ける音なのかも分からない中。

「ねえ、拓人」

おれの左胸のあたりを、沙子の拳が、少し強めに、トン、と押す。

「『憧れに手を伸ばす』んだったら、これくらい本気でいかないと、だよ？」

Track 7：世界はそれを愛と呼ぶんだぜ

屋台の並ぶ大通りから一本逸《そ》れた道を、もつれる足を必死に動かして走る。

こうしている今も、色々なものがこぼれ落ちてしまいそうで。

こぼれてしまう前に、手応えがあるうちに、『それ』を形にしないといけない。

だって、やっと。

……やっと、音が鳴ったんだから。

＊＊＊

電気を消したままの暗い楽器庫の中を、窓の外から、きらびやかな光が不定期に照らす。

「ちょっと、拓人《たくと》」

初めての感触にしばらく呆然《ぼうぜん》としていたおれに、いつの間にか落ち着きを取り戻したらしい沙子《さこ》が声をかけてくれる。

「は、はい……？」

対するおれは異常なほど動揺していた。

あわあわしているおれを放って沙子はスッと立ち上がり、おれのギターケースからエレキギターを取り出して、チューニングを始めた。

「沙子、何を……？」

おれがおずおずと尋ねると、沙子は「しっ」と人差し指を唇の前に立てて、チューニングの邪魔だと伝えてくる。

人指し指のあてられたその唇を直視すると頭が再沸騰してしまいそうで、すっと目をそらした。

沙子は自分の耳で6弦までの音を正しく揃《そろ》えると、そのギターをおれに差し出してくる。

「……はい、弾いてみて」

「いや、そんなこと言ったって……」

今のおれの耳には、これはなんの意味も……。

「いいから」

沙子がうなずきながら、おれの目をじっと見つめる。

その有無を言わせない眼差《まなざ》しに、おれは差し出されたギターを受け取り、そっと構えた。

かすかに震える左指たちをそっと指板《しばん》にあて、弦をおさえる。

ふぅー……と、深く息を吐いて。

すぅー……と、深く息を吸う。

そして、ゆっくりと右指で弦を弾き下ろした。

G。D。G。

「………！」

息を呑む。

「……聴こえた？」

顔を覗《のぞ》き込んでくる沙子に、おれは、ゆっくり、しっかり、うなずく。

「うん……聴こえた」

……おれの弾いたギターは、確実にGの響きを、Dの響きを、そしてもう一度Gの響きを、おれの耳に届けたのだ。

さっきまでとは違った意味合いで右手が震える。

「音階が、戻ってきた……！」

「ほらね、拓人は出来るよ、って言ったじゃん」

沙子は優しく微笑《ほほえ》む。

「だって、うちが、憧れた人なんだから」

窓の外では、何かを祝福するみたいに、花火もクライマックスのスターマインが始まった。

「ねえ、拓人？」

笑顔の沙子の頬に、また、涙がツーっと伝った。

「うち、やっと……、奪うんじゃなくて、あげることが出来たよ？」

涙を流しながら笑う沙子の顔に、

『ねえ、うちは、拓人の大好きなａｍａｎｅの音楽を奪ってたんだよ？　拓人の音楽だけじゃなくて、ａｍａｎｅの音楽まで奪ってたんだよ？　どのツラ下げて、許してもらえっていうの？　許せないでしょ？　ねえ！』

あの日の沙子の叫びがそっと蘇《よみがえ》る。

「拓人に、音楽を、ちゃんと返すことが、出来たよ？」

「沙子……」

「よかった、よかったあ……」

沙子がおれのシャツにすがりつく。

「ねえ、これで拓人は、『憧れ』に届くかな？」

「……腕が千切れたって、届くまで伸ばしてみせる」

＊＊＊

帰ってすぐさま、靴を脱ぎ捨て、自分の部屋に入る。

パソコンを起動する。オーディオインターフェイスにギターをつなぐ。ヘッドフォンを耳にかける。

そして、そっと目を閉じた。

さて、どうする？

……いや、違う。

どうしたい？

他の誰でもない、お前に聞いてるんだ、小沼《おぬま》拓人。

あの日以来、amaneに打ちのめされていた。『わたしのうた』に打ちのめされていた。自分の作るものなんて、amaneの下位互換にしか思えなくなって。

だって、そうだろ?

amaneに憧れて曲を作り始めただけの、amaneを追いかけてただけの、amaneを崇拝してきただけの、それだけの人間に、amaneを超えることなんか、出来るはずないと思ってたんだ。

本来なら、それでも良かったのかもしれない。

もしもamaneに出会うことがなければ、おれはそのまま、雲の上の存在の彼女を目指して、無邪気に曲を作り続けられただろう。

でも、もう、彼女に出会ってしまった。そして、彼女のために曲を作り、その曲を彼女に歌ってもらってしまった。

憧れと同じ土俵に立ってしまった。

……そして、負けてしまった。

『心には、勝ちも負けもないはずだよ』

……いや。

負けたって、なんだよ?

そんなこと、誰が決めた? 誰が比べた?

誰が、その試合の審判をした？

……その審判をしたのは、他ならぬ、おれだ。

じゃあ、なんでおれはおれに負けをくだした？

これまでに、その曲を聴いた人の数か？　あの日、その曲で感動させた人の数か？

いや、違う。

それはきっと、もっと、単純な話で。

おれが世界で一番聴きたい曲が、一番好きな曲が、おれの作った曲じゃないからだ。

自分で作った曲よりも良いとおれ自身が思ってしまう曲が、この世界にある。

そして、その曲を作った人間が、おれのすぐ近くにいる。

それが、悔しくて、虚《むな》しくて、苦しくて。

それで、逃げるみたいに自分に嘘《うそ》をついたんだ。

『曲、おれが作る意味あるか？』

『もともと、おれの曲なんか、市川《いちかわ》の曲のリハビリ用のスペアでしかないんだから』

思ってもないことを口にして、「そんな分不相応な夢、見てない」って、「おれは身の程をわきまえてるんだ」って、そんな顔をしていたんだ。

だって、夢を口にしたら、自覚したら。

そこに結果が伴わなければ、それが作れなかったということが明るみに出る。言い訳も出来なくて、かっこ悪さも全面に出てしまう。

敵《かな》わないことが、怖かった。叶《かな》わないことが、怖かった。

『「憧れ」に届かなかったら、不安なんだよ。苦しいし、負けそうになる。多分、拓人が曲を作れなくなったのも、そういうことなんだよね』

そうやって、自分が頑張れないことを、自分が至らないことを、才能や環境のせいにして。手を伸ばしてみると実感するその距離の遠さを、『無理』『無駄』『無謀』と冷笑することで、自分の気持ちに嘘をつくことで、なかったことにして。

傷つく前に諦めて、分かったような顔して、小賢《こざか》しい顔して、心を殺して、希望を殺して、未来を殺して。

それで、痛みとか傷を避《さ》けて歩こうとしたんだ。

でも、本当は分かってる。

『……小沼くんは、誰かに勝ちたくて音楽をやってたの？』

『小沼くんは、なんのために音楽をやってるの？』

でも、やっぱり、おれは。

『簡単に掴《つか》めないなら、その分頑張るしかないし、それでいいやぁってなるくらいなら、それくらいの気持ちなんだと思うんだぁー』

『悩めるってことは、それって、好きってことだよ、きっと』

……やっぱり、曲を作ることが好きなんだ。

諦めたくない。諦められない。

「おれが世界で一番好きな曲」が作りたい。

だからこそ、めちゃくちゃ、ハードルが高い。

ａｍａｎｅに憧れて作曲を始めたおれが、その楽しさも、喜びも、全部ａｍａｎｅに教わったおれが、『わたしのうた』よりも聴きたいと思うような曲を作らないといけない。

『わたしのうた』は、それくらい、おれにとっては特別な曲だ。

だけど。言葉遊びの域を出ないかもしれないけど。

あれは『ａｍａｎｅのうた』なんだ。

あの曲は、ａｍａｎｅにしか作れない。

『小沼くんの曲は、小沼くんにしか作れないんだよ』

だからこそ、おれにしか作れない曲があるはずなんだ。

おれには、ａｍａｎｅみたいな才能はないかもしれない。

『えりなは、ケンジの好みの顔じゃないだろうし、ケンジの好みの身体《からだ》じゃないみたいだけど、それは、そういう風に生まれてないし、そういう風に育ってないから仕方ないもん』

おれは、みんなに好かれるような曲が作れる天才なんかじゃないかもしれない。

でも。

本当はきっと、そんなこと、どうだってよかったんだ。

好きこそものの上手なれでも、下手の横好きでもいい。なんでもいい、どうだっていい。

『えりなは、何をどうしても、ケンジの特別になるんだ』

じゃあ、おれはこれまでに何をした？

何をどうしても、って本気で言うなら、諦めるには早すぎるだろ。

何、こんなに手前の段階で音階なんか無くしてんだよ。

思い上がんのも大概にしろよ。悲劇のヒーローきどりも大概にしろよ。

自分が生まれながらに『何者か』かもしれないなんて、かけがえのない存在かもしれないなんて、ほんの少しでも、思ってたのか？

たしかに、おれの名前を呼んでくれる人はいる。

求めてくれる人や、頼ってくれる人だっている。

その温《ぬく》もりを知らなかったおれにとって、それが心地良かったのは事実だ。

『小沼くんの曲、私に一つだけくれないかな？』

市川に求められて、

『……その時、たくとくんの顔が浮かんだんだよ』

英里奈《えりな》さんに求められて、

『小沼が知ってくれてるって、それだけで、今よりもうちょっと頑張れる気がするから』

吾妻《あずま》に求められて、

『拓人の幼《おさな》馴染《なじみ》はうちだけだから』

沙子に求められて。

居心地が良くなって、それで、そのままでいいような気がしちゃってたんだ。

気づいたら、おれはこのゆるい幸せに浸《つ》かっていたくて、ひたっていたくて、だらだらと、延々と、『今』を引き延ばそうとした。

現状維持を選んで、いつの間にか、『憧れ』に手を伸ばしてすらいなかった。

自分にとっての一番を自分で作ろうとすることとすらしていなかった。

『……でも、そうじゃないじゃん』

『そんな「そこそこ」みたいな、そんな青春を過ごすために生きてるわけじゃないじゃん。満点を余裕で突破するみたいな、そんな青春にしたいじゃん。そんな人生にしたいじゃん』

本当に感動も何もない平坦《へいたん》な日々が欲しいなら、なんで音楽なんか始めたんだ？

自分の持ってるもの全部使って、とんでもない名曲を作ろうとしたんだろ？

おれがａｍａｎｅの音楽に感動したみたいに、泣いたみたいに、笑ったみたいに、人生変えられたみたいに。あんな名曲を、あれ以上の名曲を自分が生み出せたら、どんなにすごいことだろうって、そう思ってたんじゃないのか？

見失うなよ。

怖気《おじけ》付くなよ。

全力で、取りに行けよ。

全力で挑んだって尻尾一つ掴めないようなこの世界で、手を抜いた何者でもないおれなんかに掴めるものがあるはずもないだろ。

『「憧れに手を伸ばす」んだったら、これくらい本気でいかないと、だよ？』

沙子は、これまでの全部を懸けて、おれに音階を取り戻させてくれた。

だったら、その音階を使って、音を使って、音楽を使って、おれはどんな夢を叶えたいんだ？

自分が世界で一番聴きたくなるような名曲を作って、その先に、何を望む？

一番の願いを、口にするんだ。

一番の願いを、音にするんだ。

『「本当の気持ち」から、目をそらすな、小沼』

今、本当に思ってることを言うんだ。

敵《かな》わないかもしれない。

適《かな》わないかもしれない。

叶《かな》わないかもしれない。

それでも、おれは。


「……おれは、ａｍａｎｅに並び立つ存在になりたい」


その瞬間。

ヘッドフォンの中で何かが鳴り響いた。

おれは、いつの間にか動いている指がかき鳴らす音を、ただ、聴き取っていた。

どの音を弾こうかなんて考える前に、腕がストロークし、鼓膜を震わせる。

もはやなんのコードかも分からない、音楽理論にのっとっているのかも分からない。

ただ、間違いなく、おれの心が、おれの意思が、おれ自身がそのまま音になっていくような。

そんな音楽が生まれていく。

これでダメならもう仕方ないだろ、ってそう思えるくらいの、全身全霊のおれの音楽が。

全パートに、命を吹き込んでいく。

納得行かないところは何テイクも録《と》り直しながら、一つ一つ。


……気付くと、例によって窓の外には、朝日がのぼっていた。

髪の毛も、Tシャツもびしょびしょだ。

そりゃ、夏の暑い中、冷房入れないでやってたらそうなるわ。ていうか、熱中症とか危ねえよ。ポカリ飲まなきゃ……。

少しでも風を取り込もうと窓を開けると、蝉時雨《せみしぐれ》が部屋になだれ込んでくる。

「……暑苦しい」

おれがつぶやくと、

「暑苦しいのは、拓人の方だよ、朝まで何やってんの」

ドアにもたれかかる金髪女子。

「沙子、来てたのか……？」

「……曲、出来たんだ」

沙子は、おれの質問には答えてくれないらしい。

「うん、出来た」

「そっか……、聞かせてくれる？」

沙子が右手をこちらに差し出してくる。

「今回は、かなりの自信作だ」

おれはヘッドフォンを渡す。

「当たり前じゃん、」

ヘッドフォンを耳にかけながら、沙子が言う。

「あれだけのことさせといて、そうじゃなかったら、ぶつよ」

「……そうだよな」

沙子がヘッドフォンをしたのを確認して、おれは、再生ボタンを押した。

『ぶっちゃけ、ａｍａｎｅとかいう人のパクりって感じでクソだと思った。てか、キモい』

黒髪時代の沙子の言葉を思い出すが、おれはそれでも、まったく動じてなかった。

『自信作』なんて言葉が、おれから出てくるとはなあ……。

天井を見上げながら勝手に感慨に浸っていると、曲が終わったらしく、沙子がヘッドフォンを外して、満面の笑みを見せる。

「ねえ、拓人って、もしかして天才なんじゃない？」

語尾をあげた沙子に、

「おれは天才なんかじゃねえよ」

自信満々に笑ってみせた。

「……おれは、小沼拓人だ」

Track 8：『キョウソウ』

曲が完成した数日後。

おれは、市川《いちかわ》と沙子《さこ》と、学校のスタジオにいた。

まだ歌詞の付いていないおれの新曲を、ラララで合わせるために。

「小沼《おぬま》くん、やっぱりこの曲すごいよ！　私、送ってもらった日からこれしか聴いてないもん！」

ギターを弾き終えた制服姿の市川が、にこにこと笑いながらぴょんと飛び跳ねて、顔の前で小さく拍手する。

こんなに素直に褒めてもらえると、なんか照れますね……。

「だから、拓人《たくと》は出来るって、言ったでしょ」

Tシャツに短パンの沙子がベースを抱えたまま、市川の肩によりかかるみたいに自分の肩を押し付ける。

「どうして沙子さんが自慢げなのかな？」

市川がそれを優しく押し返した。

「それは、……ね、拓人」

「ん……!?」

唇を0・数ミリ持ち上げて意味ありげにこちらに流し目を送ってくる沙子に、市川が「あれ……？」と首をかしげる。

「二人、何かあったの？」

「……教えない」

「え……、沙子さん、初めて見る表情してる……！」

笑みを噛《か》み殺《ころ》すようにして伏せた沙子の顔を、市川が覗《のぞ》き込む。

「ちょっと、市川さん、近いから……」

「ねえ、何かあったんでしょ？」

「くっつくなっつーの……」

「先にくっついてきたの沙子さんだよ？」

二人が仲睦《むつ》まじいのは大変結構なんだけど、さすがにちょっと反応しづらいな……。

「もう、しつこい……」

「しつこいって言われた……」

沙子が市川を押し返し、こちらを振り返る。

「それで、ゆりすけが今、歌詞を書いてくれてるんだよね」

吾妻《あずま》は今日バイトだかなんだかで、おれたちの練習にも、器楽部にも顔を出せていないらしい。

「うん、『すぐ書く』って言ってた」

ちなみに吾妻からは、曲を送ってすぐに個別ラインで《小沼！　この曲、小沼をめっちゃ感じる！　あたしも全身全霊ですぐ書くからちょっと待ってて！》と返事が来た。

「どんな歌詞がつくんだろう、楽しみだね……！」

「そうなあ……」

歌詞を待っている時間は、楽しみな気持ちと、妙な緊張感が混ざった不思議な心地がする。

と、ちょうどその時。

「ん？」「ん」「お？」

三人全員のスマホが震える。

「わー……！」「お」「おお……！」

そこに表示されていたのは。

《由莉《ゆり》がノートを作成しました》
由莉《お待たせ！　歌詞が書けました！》

12：17

amane(4)

ノート　リンク　フォト　動画　ファイル

由莉

…

キョウソウ

靴紐がほどけて　踏んで　転んで　うずくまって動けなくなってしまった
それは多分　擦りむいたからじゃなくて　擦りむく痛みを知ったから

再開に怯えて　拗ねて　いじけて　ふてているうちに遠くまで行ってしまった
憧れには　手も足も届かなくて　気づけば私は最下位だ

リタイアしかけたその時　どこかから力強い音が聴こえた
リズムを刻み　ビートを叩くその音の正体は
自分の心臓の鼓動だった

自信なんかないけど　定義すら分からないけど
必ずたどり着くって　今　決めた
待ったりなんかしないで
すぐにそこまで行くから

息が上がりそうなその時　どこかから力強い音が聴こえた
花火みたいな　ドラムみたいなその音の正体は
あなたにもらった言葉だった

下手かも知れないけど　届くかは分からないけど
必ずたどり着くって　もう決めた
待ったりなんかしないで
すぐにその先へ行くから

さよなら　拗ねていた私
さよなら　いじけてた私
さよなら　怖がってた私
さよなら　負けていた私

ラララ……

「ほおー……」

感激のため息が漏れる。

……本当に、吾妻に書いてもらえてよかった。いつだって吾妻は、おれが言葉に出来ていないことを、すくって、具現化してくれる。

「いいじゃん」「わあー……!!」

沙子と市川も喜んでいるみたいだ。

ただ、一つだけ気になったところがある。ていうか吾妻から歌詞が届く時、いつも気になるところがあるな……。

「この最後の、『ラララ……』ってのはなんだ……？」

おれが疑問を投げかけてみると、市川がふむ、頰《ほお》に人差し指をあてて小首をかしげる。

「んーと、最後の1《ワン》フレーズを『ラララ』で歌えってこと、かな？」

「そういう曲あるよね。ビートルズの『ヘイ・ジュード』みたいな」

「んー、たしかに1《ワン》フレーズ分歌詞は足りないんだが、それにしては中途半端というか、あの曲みたいに繰り返すわけじゃないしな……」

そんな議論を交わす中、吾妻から追加でメッセージが届く。

由莉《ごめん言い忘れてた！》

由莉《最後の1《ワン》フレーズだけあたし的に満足いかなくて『ラララ』としか書いてない！》

由莉《本番まではちゃんと伝えます！》

「んんー、由莉先生、焦《じ》らしますね!!」

ほお、なるほど。

「『何その口調……』」

やけにテンションの高い市川の満面の笑みに、おれと沙子が呆《あき》れ目でツッコむ。

「それにしても、由莉の歌詞って一人称、『私』なんだね？」

ふと、市川が首をかしげた。

「それがどうしたの」

「んーと、由莉っていつも自分のこと、『あたし』って言わない？　ほら、このLINEでも、『あたし』って」

「たしかに……」

沙子も一緒にうぅーん、とうなっている。

「それはａｍａｎｅの歌詞として書いているからだろ。『平日』もそうなってるじゃんか」

「ああ、そういうことか！　小沼くんなのに鋭いね！」

市川が嬉《うれ》しそうに手を叩《たた》いた。

いや、別に普通にそれくらいａｍａｎｅファンなら分かるから。あと『小沼くんなのに』は失礼だから。

「それじゃあ、『キョウソウ』、歌詞付きで歌ってみよっか！」

おれと沙子がうなずいて、楽器を構える。

……バンドってこの瞬間が一番楽しいのかもな。

「１《ワン》、２《ツー》、３《スリー》、４《フォー》……」

おれのカウントから、演奏が始まった。


数回合わせた後、沙子のスマホがアラームを鳴らす。

「あ、時間だ。ごめん、また次回」

「ううん、忙しいところありがとうね！」

「別に市川さんのために時間取ってるわけじゃない」

ツンデレなんだか、普通にツンなんだかちょっと読みきれないことを言いながら、沙子はベースをケースにしまってスタジオを出ていった。

沙子は、ダンス部の練習もあるため、その合間をぬってスタジオに来てくれていた。だから体操着代わりのＴシャツを着ていたのである。

「それじゃ、私たちは帰ろっか？」


市川と二人で新小金井《しんこがねい》駅までの道を歩く。

「あーあ、負けちゃったなあ、競争」

車通りのほとんどない道路で、市川がぼやきながら、縁石の上に乗る。平均台みたいに両手を広げて、バランスをとって歩き始めた。

「……あのさ、市川」

「んー？」

「その『競争』って本当に、おれの勝ちか？」

市川の動きが一瞬鈍る。

「……どういうこと？」

「あの日、市川が言ってたのは『私が歌詞を書けるようになるのと、小沼くんが曲を書けるようになるの、どっちが早いか』だろ」

「そう……だね」

市川は、広げていた手をそっとおろす。

「なあ、市川」

この質問で、嘘《うそ》が嫌いな市川は、もう、ごまかせなくなるはずだ。

「本当はもう、歌詞、書けてるんだろ？」

「……小沼くんは、鈍感が売りなんじゃなかった？」

くしゃっと自分の黒髪を握る。

「そんなもん、売りにした覚えはねえよ……」

呆れたおれが言うと、市川は情けなさそうに笑って、

「うん……書けてるよ、歌詞」

そう、はっきりと宣言した。

「やっぱり……。なんで、そんなこと隠してたんだよ……？」

市川が、そっと縁石からおりる。

「どうしてだろうね……」

答えたくなさそうにしている市川に、「もしかして、」と、仮説をぶつけてみる。

「競争で負けたら、おれが目標をなくしてやる気もなくすと思ったのか？　そんなことまでおれは市川に気を遣わせて……」

「それは違うよ、小沼くん」

だが、その言葉は遮られ、きっぱりと否定された。

「じゃあ、どうして……？」

市川は諦めるみたいに、はぁーと息を吐いた。

「……私ね、怖いんだ」

その瞳がかすかにうるむ。

「怖い……？　また声が出なくなることか……？」

市川は静かに首を横に振る。

「あのね、」

市川は自分のスカートをきゅっと掴《つか》む。

そして、少し覚悟を決めるみたいに息を吸った。

「……私、小沼くんと出会うあの日まで、ひとりぼっちだったんだよ」

「市川が、ぼっち……？」

「……うん。自分がそうだってことにも気付けなかったくらいに」

その言葉に、この間公園で英里奈《えりな》さんが言っていたことを思い出す。

『あまねちゃんって、仲良しがいなかったし』

『あれだけ可愛《かわい》くてきれいだと、近づきにくいっていうか。あんまり人間っぽくないっていうかぁ』

そうか、それって、つまり……。

「別にみんなに無視されるとか、いやがらせされるとか、そういうのじゃなくてね。その、なんていうか……」

言いづらそうな市川の言葉を引き取る。

「……『特別扱い』されてたってことか？」

「……うん、そんな感じ、かな」

市川は話を続ける。

「私の家、100点満点が基準だって話、前にしたでしょ？　そのおかげか、私、基本的にはなんでも器用にこなす方なんだよ。……その、他の人よりも早く」

「……そうだろうな」

ただの自慢なら、からかうことも出来ただろうが、きっとこれは、そういう話じゃない。

「私は中学時代、帰宅部だったんだけどね。でも、たとえば合唱コンクールの時に合唱部の人よりも上手に歌えたり、作文コンクールで文芸部の人よりも上の賞をもらったり……そういうことが何回かあって。その度に、」

市川は少し寂しそうに笑う。

「『市川さんは特別だから』って、そんな風に、距離を置かれちゃってさ」

「……そっか」

……おれには正直、市川の気持ち以上に、市川の同級生の気持ちの方が痛いほど理解できてしまい、そんな自分を心の中でそっと責める。

でも、そうなんだ。

だって、自分より努力していないように見える誰かが自分より成功しているなんて、そんなの、そいつが嫌なやつじゃないなら、環境や才能のせいにして自分から遠ざけるしかない。

……じゃないと、自分が惨めで、壊れそうになる。

「高校に入ってもあんまり状況は変わらなくて。ただただ、遠巻きに『すごいね』とか『天才だね』って噂《うわさ》されるだけというか……もちろん、それは喜ぶべきことだって分かってるんだ。……でも、私は、みんなみたいに、日々起こったことに一喜一憂できることの方が羨ましかった」

「……そっか」

おれが他のクラスメイトと同じじゃなかったといえば嘘になる。

たまたま男女問わずクラスメイトに話しかけるような人間じゃないから行動には表れなかっただけで、市川天音《あまね》を天才として教室から切り分けて、自分からかけ離れた存在にしていたと思う。

「……でも、あの日、小沼くんに出会ったんだよ」

6月の夕暮れの教室が脳裏に浮かぶ。

「それから、由莉と出会って、沙子さんと出会って、バンド組んで、英里奈ちゃんや間《はざま》くんとも話したりするようになって……。それからの時間は、それまでの時間全部足しても足りないくらいに、私を笑わせて、泣かせて、勇気付けて……臆病にして。一つ一つの出来事が、行動が、いちいち私にとって意味を持って、いちいち私の心を揺さぶってきたんだ」

「そう、なんだ……」

『今はそれが出来ないけど……でも、音にしたいことがいっぱいあるんだ。小沼くんと出会ってから、みんなとバンド始めてから、音にしたいことが今までとは比べ物にならないくらいの速さで増えてるんだよ？　膨らんで、もう息苦しいくらい』

市川のあの日の言葉を思い出す。

「だってね、小沼くん」

そんなおれを見据えて、市川はハの字眉の笑顔を浮かべる。

「世界がこんなにカラフルだなんて、ただの日常がこんなに良いものだって、私はちっとも知らなかったんだもん」

「そうだったのか……」

おれがロックオンの日に感じていたことを、市川も感じていたということに驚く。

「……だから、怖い。私が歌うことで、何かが変わってしまうのが、すごく怖い。小沼くんの音階を奪ってしまったみたいに、大切なものまでなくしちゃうかもしれない。……変わっちゃうかもしれない」

伏し目がちな市川に、おれはそっと声をかけた。

「……多分だけど、おれもその感覚、分かるよ」

「そうなの……？」

おれはしっかりとうなずきを返す。

「おれも曲が書けなかったのは、ほとんど同じ理由……だと思う」

目を見開く市川に、おれは続ける。

「怖かったんだ。自分が本当にやりたいことを自覚したら、もう、目指すゴールと現在地の距離をはっきりと自覚することになると思って。今いるところで満足して、ぬるく生きてくんでも別にいいんじゃないかって心のどこかで……いや、大部分で思ってたんだ」

「そう、なんだ……」

「……でも、もう、やめた」

こんなことを伝えても市川が自分の書いた歌詞を歌えるようになるかは分からない。それでもおれは、せめてヒントくらいになれば、となるべくまっすぐに伝える。

「おれは、はっきりとそれを追いかける。夢を、自覚することにした」

「……じゃあ、小沼くんの新しい曲も、そういう曲ってこと？」

「うん。おれは、自分にとって世界で一番の曲を作って、そして、」

一呼吸置いて、おれは彼女自身に伝える。

「……ａｍａｎｅに並び立てる存在になる」

「小沼くん……！」

その言葉に一瞬目を見開いた市川は、

「……ん？」

その目を細めて、眉間にしわを寄せた。

「……そのアマネって、ローマ字のａｍａｎｅだよね？」

「そうだけど……？」

「そっか……」

市川は少し呆《あき》れたみたいにため息をついて、それから、その口角を上げる。

「でも、そっか……！」

「何、そっかそっか言ってどうした……？」

ていうか、おれ、それなりに恥ずかしいことを勇気を出して言ったつもりなんだけど……！

「……うん、そうだよね。私は、ａｍａｎｅなんだ」

「そうだな……？」

「……歌ってもいいのかな」

小さくつぶやいた言葉はあまりにも儚《はかな》く、蟬時雨《せみしぐれ》に溶けて消えてしまいそうで、

「それが、どんな歌でも」

おれは慌てて言葉をつないだ。

「おれも、吾妻も、沙子も、市川から離れることなんかねえよ。少なくとも、おれは」

「……ほんと？　約束してくれる？」

「……うん、約束する」

おれは、その揺れた瞳を見て言い切った。

「それにさ、市川」

「ん？」

おれは英里奈さんが以前言っていた『あまねちゃんは、たくとくんとバンド始めたくらいから、可愛くなったよね』という言葉を思い出していた。

「市川、ロックオンの時、『デビューしてよかった』って言ってたじゃんか。デビューしたから、『わたしのうた』があったから、吾妻とか沙子とか……と会えたからって」

「あと、小沼くんね？」

「……うん」

照れくさくて省いた箇所を追加されて頰《ほお》をかく。

「だから、もっと歌える曲が増えたり、なんならもう一回デビューしたら、これまで届いてなかったもっとたくさんの人にもａｍａｎｅの音楽を聴いてもらえるだろ？」

「それは、そうだと思うけど……？」

「そしたら、吾妻とか沙子とか……おれみたいな、新しい巡り合わせもまたあるだろうし、そうなったら、市川は今よりももっとひとりぼっちなんかじゃなくなるよな？」

それは、どれくらいかは分からないが、市川が今、目の前にある壁を乗り越えるモチベーションになるんじゃないだろうか。

踏切の前で立ち止まると、警音がカンカンカン……と、こだました。

「だから、そのために……もう一回デビューして、もっと仲間を増やすために、この曲を勇気を出して歌ってみたらどうかってこと？」

おれがうなずきを返すと、説明不足だったのか、市川は眉間にわずかにしわを寄せて、一瞬唇を引き結んでから、そっと、口を開く。

「私は、ただ、……」

市川の言葉をそこまでおれの耳に届けて、踏切を電車が横切っていく。

その時に動いた市川の唇を、おれは読み取ることが出来なかった。

「すまん、もう一回言ってもらえるか？」

過ぎ去った轟音《ごうおん》を見送って、踏切が開く。

「……ううん！　……なんでもない、色々考えてくれてありがとう」

その寂しそうなハの字眉の笑顔と儚げな空気を変えたくて、おれは、とっさに冗談めかして、おどけてみせた。

「で、でも！　まあ、そんな状態ってことは、まだ歌詞を書けるようになってないのと一緒だから、競争はおれの勝ち……ですかね？」

「あはは、そうだね」

市川は一度笑ってから、その表情を真剣な顔に変える。

「……勝ち負けなんかないと思ってたけど、やっぱり、負けるわけにはいかないのかも」

「ん……？　いや、今、おれの勝ちって……」

「だって、小沼くんにとって世界で一番の曲は、」

おれの言葉を遮って、決意の滲《にじ》んだ声でそっとつぶやいた。

「……私の歌が良い」

Track 9：君は僕じゃないのに

9月。大きな窓の外から差し込む朝日はまだまだ眩《まぶ》しく、体育館の空気を暖める。

『夏休みが終わり、二学期が始まりました。もう二週間後には学園祭があります。みなさんの力でぜひ……』

夏制服の生徒が列になって床に座って、登壇した校長の話をあくびしながら聞いている。

長かったようにも感じるし短かったようにも感じる、充実してたようでそれでもまだまだ満足は出来ないような、いずれにせよ一生に一回しかないらしい高2の夏休みを終え、おれたちは始業式の場に集まっていた。

「ねぇねぇ、たくとくん。ちょっと聞いてよぉ」

すると、校長の話が退屈だったのか、出席番号が一個前の黄海英里奈《おうみえりな》さんが、まどろんだ声を出しながらおれに寄りかかろうとしてくる。

……ので、避《よ》けた。

「うわぁ、塩対応だぁ……」

「いや、公衆の面前だから……」

不満げに見てくる英里奈さんに小声で返す。

「こーしゅーのめんぜん……？　何語？」

「日本語。『みんなの前』ってこと」

「みんなの前じゃなかったら良いってことぉ？」

「……そうじゃないけど」

おれってば、なんで日本語力弱い系の帰国子女に揚げ足取られてんの？

「……それで、何？」

不甲斐《ふがい》なさをごまかすべく話を戻す。

「あのね、たくとくん、ケンジに変なこととか言った？」

「変なこと？　別に言ってないけど……、なんで？」

「そぉ？　いやぁ、なんかねぇ」

むー、と英里奈さんが思案顔をして、

「ケンジが、えりなの気持ちに気付いちゃったかもなんだよねぇ」

「………え？」

なんで？　と思ったら、少し思い出すものがないでもないというか。

「夏休みの練習の時ね、『オレ、花火した日、タクトくんにそれとなくエリナのことオススメしといたから！』ってケンジに言われて。『どんな風に？』って聞いたんだぁ」

「はい……」

おれはそっと足を組み替える。

「そしたら、『元気で甘え上手のホームルーム委員ってタイプか？』って聞いたとか言ってて。

それで、たくとくん、『バカっぽいけど実は素直であざといようで好きな人には上手に出来ない人好きか？』みたいなこと聞き返したらしいじゃん？」

「そんなこともあったかもですね……」

「その話してたらケンジが、『あれって、もしかしてオレがやろうとしてたことをやってきたってことか……？』って気づいちゃってて……って、あれ、どぉして正座してるのぉ？」

「誠に申し訳ございません……‼」

始業式の最中にもかかわらず、正座で頭を下げる。

「えりな、全然怒ってないよ？」

「え、そうなの……？」

頭をあげてみると、そこには英里奈さんの笑顔があった。

「うん！　えりなはたくとくんの言ってくれたことも、やってくれたことも、すーっごく嬉《うれ》しかったもん！」

それはかなり天使な笑顔で、おれは許された安心感もあいまって、つい呆《ほう》けてしまった。

「それにしても、気付かれてたら、どうしたらいいのかなぁー……？」

おれのことを放って、英里奈さんは話を進める。

「あ、いや、どうだろう……」

「まぁ、でもさぁ」

英里奈さんが小さく手を打つ。

「こんな状況なんだったら、『恋』的にも『愛』的にも、ケンジがえりなのことを好きになるのが一番じゃない？」

世紀の大発見！　みたいな顔をしている英里奈さんを見て、

「そうなあ……」

と、言うことしか出来ない。

……英里奈さんはすごいなあ、と新学期早々実感するのだった。


始業式が終わり、教室でのホームルームも短時間で終わった。

おれは、夏休み最後の練習の時に学校のスタジオに置き忘れたスティックがあったので、それを取りに行こうと席を立つ。

今日はこの後吉祥寺《きちじょうじ》のスタジオで練習だから急がないと。

教室を出ようとすると、市川《いちかわ》がタタタっとやってきておれの腕を掴《つか》む。

「小沼《おぬま》くん……どこ行くの？　練習は？」

「いや、学校のスタジオにスティック忘れちゃったから、一旦取りに行こうかと思ってるだけだけど……？」

もしかしておれサボると思われてる？　心外だな、と思っていると、

「それ、一緒に行ってもいい……？」

市川が上目遣いで尋ねてくる。

「……というか今日このあと、一緒に居て欲しいんだけど、いいかな……？」

そのおねだり顔があまりにも、なんというか、その、あれすぎて。

「あ、え、あ、うん、いいお」

子音を失ったおれは、古《いにしえ》のオタクになってしまった。

「じゃ、じゃあ行くか……！」

心身ともに硬直したおれが市川と教室を出ると、

「今日は、こっちから行こう？」

と、市川がいつもと逆側、教室を出て左側を指差す。

「え？」

教室を出て右側、5組と4組の教室の前を通って、渡り廊下を経てスタジオに行くのが最短距離だ。

「なんで？　遠回りじゃん」

「……遠回りしちゃ、だめ、かな？」

「だめ、じゃない、けど……？」

今日の市川さん、なんなんだ……⁉

市川天音《あまね》プロデュースの謎の遠回りルートでスタジオへ向かうと、スタジオの前に見知らぬ男子生徒が立っていた。

好青年って感じのイケメンだ。ジャニーズとかよりはもっと渋いテイストの、男性でも手放しでイケメンと言ってしまえる系の。

構わずスタジオに近づこうとすると、くいっと腕を引っ張られる。

「……ど、どうした？」

振り返ると、市川がこちらを見上げている。

「あの、小沼くん、やっぱり、スティック、明日じゃダメかな？」

「は、なんで？」

「いや、あの、それは……」

まごつく市川を見て首をかしげていると、

「おーっ、走詩《そうじ》先輩、おかえりなさい！」

爽やかイケメン、間《はざま》の声がした。

「おう、健次《けんじ》」

「留学から帰ってきたんスね！」

嬉しそうに話しかける間と、それに笑顔で答える走詩先輩とやら。

……走詩先輩って、どっかで聞いた名前だな。

「そう。だからもう、先輩じゃないよ。同級生」

「たしかにそーっスね！」

留学？　そういえば、夏休み、先輩が留学に行って帰ってくるから同学年になる的な、そんな話を聞いたような。なんでそんな話聞いたんだっけ？

『ソウジくんは、あまねちゃん一筋だったの』

……………あ。

「市川、あの人、もしかして……？」

「ううー、小沼くん、どうしよう……？」

涙目でおれを見上げる市川を見ながらも、

「いやー……」

おれに言われても知らねえよ、と思ってしまうほどおれは狭量だったろうか。


「それで、逃げてきたの」

「はい……」

吉祥寺のスタジオにて腕を組んで立つ沙子《さこ》と、椅子に座って不甲斐なさそうにしている市川。

学校のスタジオの前で、以前市川に告白したらしい人物を見つけたおれたちは、結局、回れ右をしてそのまま吉祥寺まで来てしまっていた。

「別に、スティックは予備も沢山あるからいいんだけど、あくまで今日しかしのげないっていうか、これから卒業まであんな風に避けつづけるのは普通に無理だろ」

おれも、ドラム椅子からため息混じりに言葉を投げる。

「はい、ですよね……。ていうか、私、いま、小沼くんに人間関係のことで怒られてる……？」

別に怒ってないけど。ていうか、その発言失礼じゃない？　怒るよ？　いや、怒らないけど。

「あの人は、良い人でしょ」

情緒不安定なおれを放って、沙子が謎に断定する。

「沙子、あの先輩と話したのか？」

「うん、あの人うちのクラスに入ってきたんだよね。去年4組だったらしくて、そのまま4組で、みたいな」

「へえ、そうなんだ」

ああ、それで市川は4組の前を通るのを避けてスタジオに行きたがったってことか。色々なことがつながってきた。

「それで、席がうちの隣になったから、ちょっと話した。ロック部員だっていうから、うちもロック部員ですって言ったら、誰とバンド組んでるのって聞かれて。市川さんと、多分知らないけど小沼拓人《たくと》ってやつですって言ったら、『天音さんは、バンドが組めるようになったんだね』って心から喜んでる感じだったよ」

沙子は、意外と精神が体育会系だから、先輩には敬語が使える。

「とりあえず、うち的には良い人だと思ったよ。ちなみに、うちが良い人だと思うのは結構珍しい」

「そうなの？」

市川がなぜかおれの方を向いて質問してくる。

「んー、まあ、そうだな。沙子は別に人のこと嫌いになったりもそんなにしないけど、良い人だって認めるのは、他にあんま聞いたことないな」

「そうなんだ……」

「あと、洋楽の話で盛り上がったし」

「へえー……」

まあ、その盛り上がりをどれくらい先方が感じていたかは不明ですが……。

「ま、もう1年以上経《た》ってるんだから、しかもその間ずっと海外に居たんだから、向こうだってもうなんとも思ってないでしょ」

「……そうだよね？」

市川が期待のわずかに込もった目で顔を上げる。

「うん。自意識過剰だよ、市川さん」

「……そうだよねー」

自意識過剰と言われて若干不機嫌になる市川。

「たしかに、沙子の言う通りかもな。1年間も話せてなかったら、気持ちって薄らぐもんなんじゃねえの。知らんけど」

……まじで何も知らんくせに、おれはなんでわざわざこんなこと言ってるんだろうな。

「……いや、うちが間違ってたかも」

すると、沙子が低い声で否定してくる。あれ、数秒で意見がひっくり返ったね？

「1年間も話せなかったら、話せなかった分、そのことばっかり考えて、気持ちが大きくなってる可能性が高い。いや、むしろ絶対そう、確信がある」

そう言っておれをキッとにらんだ。……ごめんて。いや、おれだけが悪いのかこれ。

「沙子さん、不安になるようなこと言わないで……」

「ていうか、なんで市川さんはそんなにあの人と話すのがいやなの」

「その……私は、その時はまだ恋とかもしたことなかったし、どんな覚悟でとか、どんな気持ちでとか、そういうこと全然分かってなくて、結構ひどいこと言っちゃったかなって……」

市川が穴があったら入りたいというような感じで両手で顔を覆う。

……ていうか今、なんか気になる言い回しがあったような気がするけど。

「でも、それなら、それこそ、」

おれの思考が深みにハマる前に、沙子が諭すようにつぶやく。

「逃げずに、真正面から、受け止めなきゃ」

そう、市川を真正面からまっすぐに見据えて伝える。

「そう、だよね」

「……とか言って向こうがもうなんとも思ってなかったら今の会話全部くそ恥ずかしいけど」

「ですよね……」

沙子、楽しんでるなあ……。

「ま、どんな恥かいても思い切り笑い飛ばしてあげるよ」

0・数ミリ口角を上げて、沙子がつぶやく。

「沙子さんが？　どうやって……？」

「……市川さんって、本当に余計な発言が多い。ね、拓人」

「……ああ、そうだな」

……わずかにかげる心に、作り笑顔でフタをした。


翌日の昼休み。

売店でも行くか、と教室を出て廊下を歩いていると、肩を軽く叩《たた》かれる。

「ちょっと、小沼」

「ん？」

振り返ると、吾妻《あずま》ねえさんが立っていた。

「ちょっと付き合って、こっちこっち」

手招きをしながら廊下を進む吾妻についていくと、視聴覚室の前まで連行された。

「聞いた？　走詩さんの話」

「ああ……昨日、市川に聞いたけど」

「あ、やっぱりそうなんだ……」

吾妻が若干気まずそうに口をへの字にした。

「昨日ホームルーム終わって教室出てく時、あたしがベースを背負《しょ》ってたからだと思うんだけど、『吾妻さんはロック部?』って話しかけられてさ。なんか、天音と話がしたいんだけど、どこにいるか分かるかって聞かれたんだよね」

「はあ」

「あたしもちょっと急いでたからその時はパパッと『6組かロック部のスタジオにいるんじゃないでしょうか』って言ったんだけど、あとで思い返してみると、そういえば走詩さんって天音と因縁があったなって……」

「そうですか……」

……じゃあやっぱり、徳川《とくがわ》さんは市川に用があったんだ。で、6組を一回覗《のぞ》いてからスタジオに行ったたってことか。

そしたら、市川の昨日の動線は完璧だったんだな。

「小沼、不機嫌……?」

「ああ、いや、別に。……すまん」

徳川さんを避けるためだけの市川のそんな作戦に、たまたまそこに居て、そのあとの用事が一緒だったというだけの理由で誘われて、何も知らない自分が勝手にどんな気持ちになっていたかを思い出して、身悶《みもだ》えしそうになるのを、奥歯で嚙《か》み殺《ころ》した。

とはいえ、吾妻におれの表情の変化が読み取れないはずもなく、

「どー、どー」

と、二の腕のあたりを2回、ポンポン、と優しく叩かれる。吾妻は、その手をグーにして握

ってから、壁に寄りかかった。

「……走詩さん、もう一回天音に告白しようとしてるんだろうね」

「ふーん……」

人の心を読むスキルを持つ吾妻の言うことだ。多分、その通りなのだろう。ていうか、まじでみんな当たり前みたいにあの人が市川のこと好きなの知ってるんだな。

『1年間も話せなかったら、話せなかった分、そのことばっかり考えて、気持ちが大きくなってる可能性が高い。いや、むしろ絶対そう、確信がある』

沙子の昨日の言葉が思考を横切っていった。

「まあ、あくまでも予想だけどね……」

「そうすか……」

もう一往復だけやりとりがあって、しばし沈黙の時が流れる。吾妻はもじもじしている。

……これ、何待ち？

「それで？　それがどうした？」

意味不明の時間に耐えかねておれが質問すると、吾妻が「はあ？」と顔をしかめた。

「いやいや、『それがどうした？』じゃなくて。小沼はどうすんの、って話でしょ」

おれのモノマネをする顔が本当にアホみたいで若干腹が立たないこともなかったが、それよりも疑問が勝った。

「どうするって、おれが、何を、どうすんの……？」

吾妻が何を言っているのか、何を促そうとしているのか、意味が分からない。

おれが眉間にしわを寄せていると、吾妻の大きな瞳が呆《あき》れと驚愕《きようがく》でさらに見開かれていく。

「小沼、あんた、まさか……まだ、自覚ないの……？　あれだけのことがあって？」

「はあ、なんの……？」

「え、『キョウソウ』作った時に覚醒したんだよね？」

「いや、覚醒っていうか……」

おれに厨二《ちゆうに》設定みたいなのをつけるな。

「あの時、あんたがした決意って、何……？」

「それは……」

おれはこほん、と咳払《せきばら》いを挟んでから、

「……ａｍａｎｅに並び立つ存在になるってことだけど」

「……ああ、そう？」

「え、吾妻、すごいそれを理解した歌詞を書いてくれてたじゃん……」

「あー……それでそこしか聞こえなかったのか……。まあ、これぱっかりは、あたしも人のこと言える立場じゃないか……？」

吾妻ねえさん、何言ってるんだ？

「んー、じゃあ、質問を変えるね。小沼、今、どんな気持ち？」

「どんな気持ちって……吾妻はなんか辛《つら》そうな顔してるけど大丈夫か、とは思ってるけど……」

「あ、あたしのことはいいの！　ていうか、何？　あんた、敏感なのか鈍感なのかハッキリしてよ、やりづらい！」

吾妻が赤面しておれの左胸の少し上のあたりをペチンと叩く。やりづらいって言われた……。

「そうじゃなくて……なんか、もやもやとか、しない？」

「……別に」

おれがそう答えると、吾妻は盛大にため息をついた。

「はあー……。もう、世話が焼ける……」

そして、真剣な顔でおれの胸元にそっと拳をトン、と置く。

「小沼、まだ、気づいてない本心があるんじゃないの？」

「どういう意味……？」

「……あたしもそこまでお人好《ひとよ》しじゃない」

ふいっと顔をそらされてしまった。

「もー、お昼食べる時間無くなっちゃうじゃん！　戻ろ？」

「お、おう……」

最後まで吾妻が何を言いたいのか、伝えたいのかはよく分からなかったが。

『そうじゃなくて……なんか、もやもやとか、しない？』

『……別に』

咄嗟《とっさ》についた見え透いた嘘《うそ》の理由を、おれはきっと認識しないといけないのだろうと、それだけは、なんとなく分かった。


昼休みが終わり、5時間目、6時間目が終わる。

もともと別に集中力がある方ではないが、いつにも増して教師の言っていることが頭に入ってこなかった。

何にこんなに悶々《もんもん》としているのかが一向に分からず、一人、腕を組み、首をかしげる。

「あ、忘れてたぁーっ……！　あまねちゃんあまねちゃん」

そんなに大きいわけではないその声に耳がぴくりと反応する。自分のことを呼ばれたわけでもないのに。

顔を上げると、いつの間にかホームルームまで終わっていたらしい。

人もまばらになった教室で、市川の席へとトコトコと駆け寄っていく英里奈さんの背中が視界に入る。

英里奈さんと市川が二人で話してるのは珍しいな、と、何の気なしにそちらを見ていると、振り返った英里奈さんと目が合った。

「じゃね、天音ちゃん！　えりなは伝えたからねぇー？」

すると英里奈さんは、市川に手を振りながら、今度はおれの席へと近づいて来た。

その向こう側、市川が唇を引き結んでこちらを見ているようだったが、おれは何故《なぜ》かその視線をふいっとかわしてしまう。

「あれあれぇ、たくとくーん、こっち見てどうしたのぉー？　そぉーんなにえりなのことが気になるのぉー？」

おれの隣まで来た英里奈さんがにやにやと聞いてくる。

「いや、なんでだよ……」

「うぇー、想像以上に塩対応だぁー……。ふぅーん、じゃぁー……」

そして、化猫のような眼《め》をキラリと光らせて。

「あまねちゃんが気になるのかなぁ？」

「……別に」

自分でも分かるほど、先ほどとは違う温度で返事をしてしまう。

「ふぅーん？　束縛の強い男の子は嫌われちゃうよぉー？」

ニヨニヨと含み笑いをしている英里奈さん。

それから少しだけ小声になり、聞いてもいない情報をわざわざ教えてくれた。

「なんかねぇ、昨日ソウジくんから、あまねちゃんとお話したいからって伝言預かったんだよぉー。今日の放課後だってさぁ。呼び出しってやつだねぇ」

……へえ。

だとしたら英里奈さん、市川に伝えるの本当にギリギリすぎじゃない？　今日の放課後って、今がその放課後なんだけど。

……いや、別にどうでもいいか。うん、どうでもいいわ。

「ねぇねぇ、たくとくん」

するとと、英里奈さんがぐっとおれに近づいて、こしょこしょ声で囁《ささや》いてくる。

「ソウジくんの用事ってなんだろぉね？」

英里奈さんの吐息から甘い匂いがする。どうやら、柑橘系《かんきつけい》の飴《あめ》を舐《な》めているらしい。いつもそんなの舐めてたっけか？

「……そうなあ」

努めて気のない返事をすると、英里奈さんは呆れた声になり、ため息をつく。

「ねぇ、たくとくん。あまねちゃんも、たくとくんのものじゃないんだからねぇ？」

「……なんだ、それ」

「はぁ……。たくとくんは、いつまでもたくとくんだなぁ。んじゃ、えりな、部活行かなきゃー。ほいじゃねぇー」

英里奈さんは、おれの答えに本気で興ざめしたような顔をしてから、手をテキトーに振りながら、教室から出て行った。

「はあ……」

自分から漏れたそれがなんのため息なのかも分からず、とりあえず、机に散乱したままの荷物をカバンに乱雑に放り込んでいると、おれ以外に唯一教室に残っていた市川がおれの席におずおずと気まずそうにやってくる。

「小沼くん、あのね、今日なんだけど……」

「用事あるんだろ」

なぜか食い気味で、なぜか語気の強くなってしまった自分の声に自分で苛立《いらだ》つ。

「う、うん……」

そんな気弱なあいづちだけを打って、おれの傍《かたわ》らでもじもじしている市川。

なんでだろう。全部がいちいち、癇《かん》に障る。

「……それで、なんだよ？」

「あの……えっと、怒ってるの？」

「別に」

おれなんかの顔色を窺《うかが》うように上目遣いで覗《のぞ》き込んでくるその表情に、おれの声は相変わらず冷たく響いた。

「……怒ってるじゃん」

「怒ってねえよ」

なんでおれが怒るんだよ。

何に対して、おれが怒る権利を持ってるんだよ。

別に、一緒に帰る約束だってしてるわけじゃないのに、ちゃんと市川は言いに来てくれていて、それで、怒ることなんかなんにもないだろ。

……でも、なんでそんなこと、わざわざおれに言いに来るんだよ。

「おれはスティックだけスタジオに取りに行ったら先に帰ってるから、」

こんな言い方するべきではないってことくらい、よく分かっているのに。

……分かっているはずなのに。

「どうぞ、ごゆっくり」

その声は自分でも失望するほど、ぶっきらぼうに、おれの口から吐き捨てられていた。

「……何、その言い方」

手元から顔を上げると、市川がこちらをじっとにらんでいた。

「……何が」

分かっているくせに。

「というか、私の用事も学校のスタジオだから」

市川の声が鋭くなる。

「は？　そんなことでスタジオ使ってんなよ」

「そんなことって、何？　私の用事も知らないくせに」

鋭くて、冷たくて、そして沸々と熱を持った市川の言葉。

「先輩に呼び出されたんだろ？　市川こそ、自分がなんで呼ばれたか分かってんのか？」

「分かんないよ……！　でも、そんなの小沼くんにだって分かんないじゃん」

「分かんないし、そんなの分かる必要がねえだろ。おれに……」

一瞬、言い淀《いよど》んで、それでもおれは、多分言ってはいけないことを口にした。

「……おれに、何の関係もないだろ」

おれの言葉に、市川は目をつぶって、湧き上がる何かを我慢するように、何とか身体《からだ》の外に逃すように、息をゆっくり吐いた。

「……小沼くんは味方って思ってたのに」

そして、悲しみを怒りでコーティングしたみたいな表情がおれに向けられる。

「味方……とか、敵とかそういう問題じゃねえだろ」

完全に引っ込みがつかなくなっている。

おれだって、『味方』でいようとそう思っていたはずなのに、何か、おれのよく知らない感情が邪魔をしてくる。

「別に、市川が、……告白するわけでもないんだから」

「そう、だけど……！」

『告白』という言葉が喉につっかえながらも無理して出てきて、そのことに市川も少なからず動揺したように瞳を揺らしていた。

「ていうか、そんなこと伝えてきて、おれにどうして欲しいんだよ、市川は」

「……別に」

完全にそっぽを向く市川の横顔におれはまた苛立つ。

「あっそ。じゃあ、帰るから」

カバンを肩にかけ、市川に背を向けて歩き出す。

「……ばか」

そう口にしたのは、おれか、市川か、それとも。

翌日、眠気を引きずって登校する。昨日はずっと頭がぐちゃぐちゃで全然眠れなかった。

半分目を閉じたみたいな状態で始業のチャイムが鳴るのと同時に教室に入ると、すぐにホームルームが始まった。

窓際の席をちらっと見ると、市川はこちらには背を向けて、頬杖《ほおづえ》をついて窓の外を見ていた。

はあ、と誰にも気付かれないくらいのボリュームでため息をつき、少しでも眠気を解消しようと思って机に突っ伏していると、すぐにホームルームは終わった。

眠いけど一時間目の教室に向かわないと……と思っていると、頭上から、声がした。

「小沼くん、目の下、クマすごいよ？」

その声にガバッと頭を起こすと、そこには。

「あまねちゃんかと思ったぁ？　残念！　えりなでしたぁー！」

ニタァーっと意地悪に笑う悪魔さんが立っていた。

「はあ……」

おれはため息をついて、もう一度机に伏せる。モノマネがよく似ていらっしゃることで……。

同時におれの机の上に顔を置くように、英里奈さんも屈《かが》んだらしい。

「残念がりすぎなんだけどぉー。うりうりぃー」

「別に……」

頭をつつかれて、かすれた声が出る。そういえば今日初めて声出すな……。

「仲直りしたらぁー？」

英里奈さんが優しく話しかけて来る。ていうか。

「……なんで、ケンカしたって分かるんだよ」

「もぉー」

英里奈さんが呆《あき》れたように息をつく。また、柑橘《かんきつ》系の甘い匂いだ。

「その目の下のクマが、誰かさんとおそろいになってるからだよぉー」

おそらく、お互いに避けあった結果なのだろう。

英里奈さんの助言もむなしく、市川とは話すどころかすれ違うこともなく、下校のチャイムが鳴った。

今日も、沙子のダンス部があるため、ａｍａｎｅの練習は行われない。

朝同様に机に突っ伏していたおれが顔を上げると、市川はもう教室にはいなかった。……というか、おれが教室から人気《ひとけ》がなくなるまで狸《たぬき》寝入りをしていたせいだ。

『基本的には一緒に帰る』という、いつからか習慣になっていた約束めいたものを破ってしまい、ついにおれと市川が仲違《なかたが》いしていることがごまかせない事実になってしまったような気がした。

「……帰るか」

誰もいない教室でポツリと独り言をつぶやいて、廊下に出た。すると、

「「あ」」

同じタイミングで4組の教室から出てきた茶髪女子と目が合う。

「あれ、吾妻、部活は？」

ベースをかついだ器楽部部長はこちらにテクテクと近づいて来る。

「うん、今日自主練日だから。学園祭前最後のバイト。さすがにまるまる二週間とかは休めないからさ。……あれ、天音は？」

「知らん、帰った」

「……は？」

はたと歩みを止めて首を前に突き出し、少し離れてても分かるほど顔をしかめる吾妻。

「……別に、毎日一緒に帰る約束してるわけじゃないし」

「いや、約束も何も、それで天音自身が一回すっごい怒ってたじゃん……」

言い訳がましく言うおれに、正論をぶつけてくる。

「何、ケンカでもしたの……？」

「…………はい」

おれは素直に白状する。吾妻に隠し事はどうせ出来ない。

「はあー、言わんこっちゃない……」

片手で頭を抱えながらまたこちらに歩いてくる。

「まあ、おかしいとは思ったんだよね……」

下唇を噛《か》んだ吾妻が廊下の窓の外を見た。

「昨日、天音が走詩さんと一緒に帰ってるとこ見かけたから」

ピタッと、今度はおれの足が止まる。

「そう、です、か……」

しわがれた声が喉から絞り出された。

「もー、そんな顔すんなし……」
一、二歩先に進んだ吾妻が振り返り、呆れと諦めと残念と、そういう感情をごちゃ混ぜにしたような表情でおれを見てから、何かを振り払うように短くため息をつく。
「……なんでケンカなんかしたのか、教えて？」

下校道を再度歩き出しながら、おれはかくかくしかじかと、昨日したケンカ的なやりとりの内容を説明した。

「……っていうかやっぱりもやもやしてたんじゃん。嘘《うそ》つき」

「すまん……」

嘘つき、という言葉がなんだかお腹《なか》の下のあたりにずしん、と重く響いた。

「もうすぐ学園祭なのに、バンド内でケンカなんかしてる場合じゃないでしょ……」

「す、すまん……」

謝ることしか出来ないおれの情けない顔をジト目で見てから。

「……もういい、さこはすにチクる」

スマホをシュバっと取り出して、ものすごいスピードで何かを打ち込み始めた。

「『さこはす、小沼が天音とケンカしたらしいんだが』っと……」

「なんで……!?」

「なんでも。あたしばっかり損な役回りやってらんないし」

ぼそぼそとした独り言に首をかしげていると、吾妻が、

「……だってさ！」

と言って、スマホの画面を印籠《いんろう》のようにこちらに見せて来る。

「お、おう……」

画面に書かれていた言葉は。

さこはす《新小金井《しんこがねい》駅前の公園で待ってろってうちのバカ幼《おさな》馴染《なじみ》に伝えておいて》

Track 10：うつし絵

「チッ……」

ゆりすけ《さこはす、小沼《おぬま》が天音《あまね》とケンカしたらしいんだが》

ダンス部の練習着に着替えている時のこと。
不躾《ぶしつけ》に振動したスマホの画面に表示されるメッセージに、舌打ちが漏れる。

「さこっしゅ、どうしたのぉー？」

「……別に」

薄ピンクの可愛《かわい》い下着姿で首をかしげる英里奈《えりな》からの問いかけをかわしながら、うちは指先でスマホを叩《たた》く。

波須沙子《はすさこ》《新小金井《しんこがねい》駅前の公園で待ってろってうちのバカ幼馴染に伝えておいて》

「別にって、怖い顔してるぜぇ？」
「なんでもないって」

「あ、もしかして、たくとくんのことぉ？」

「だからなんでもないっての」

当たってるだなんて一言も言ってないのに、英里奈は勝手にキャッキャとはしゃいでいる。

「当たったぁー！」

「たくとくんなら、えりなが教室出る時は、机で寝たふりしてたよぉー」

「ふーん……」

「ほんと、たくとくんは、自分のことになると、なぁーんにも分かってないんだよねぇ」

英里奈に拓人のことを分かったような顔をされて、そしてその『分かったような』が結構本当に分かってて。それを無視して、黙ってうちも着替えを再開した。

すると、英里奈は部活用のTシャツを着ながら、んふふ、と笑う。

「それにしても、さこっしゅは、最近、表情が分かりやすくなったよねぇ？」

「そんなことないでしょ」

「そんなことあるよぉー、まぁ、」

そして、その笑顔の中に一滴の憂いを落としたような表情になって、

「えりなは、さこっしゅの泣いた顔だけ、まだ見たことないけどねぇー」

とつぶやいた。

「……泣いたりしないよ」

「そっかぁー……。よしっ。んじゃ、先行ってるねぇー！」

英里奈が、更衣室がわりにしている教室を出ていき、一人になる。

うちはなんとなく、真っ黒になった画面にうつる自分の表情をそっと見てみた。

学園祭前にもかかわらず、誰かさんたちのせいで身の入らないダンス部の練習を終える。

「さこっしゅー、今日の部直はダンス部だってさぁー」

部直とは『部活日直』の略で、最終下校時刻に生徒が残っていないか校舎中を見回る役割のことだ。

「……知ってる」

だから、うちは、拓人《たくと》を新小金井駅の前で待たせてるんだから。

「じゃ、うちはロック部のスタジオの方、見に行くね」

「よろしくぅー！」

甘い吐息を振りまきながら、手を振って違う方向に行こうとする。英里奈は二学期に入ってからなぜか、飴《あめ》を舐《な》めるようになった。

「あ、英里奈」

「んんー？」

呼び止めると、あざとい仕草で振り返る。

「……ちょっと長くなるかもだから、英里奈は間《はざま》と先に帰ってて」

「ええ、ほんとぉー？　そぉですかぁー？」

「うん、そうして」

間と二人で帰れると分かりヘラヘラと嬉《うれ》しそうに笑う英里奈は、とびっきりに可愛い。

「えへへ、分かったぁー！」

本人に隠す気があるのかどうかも怪しいけど、英里奈の間への気持ちはさすがのうちも分かっている。間が気付いているのかは、よく分からないけど。男子っていうのが鈍感な生き物なのか、うちの周りにいる男子だけがそうなのか、どっちなんだろう。

鼻歌を歌いながらスキップで去っていく英里奈を見送ってから、器楽部やらミス研やらある棟で、順々に生徒を学校から追い出した。

最後に、うちがロック部のスタジオに向かい、そのドアを開けると。

「あ……！」

「やっぱり……」

予想通り、ギターを構えた彼女が嬉しそうにこっちを向いてから、

「沙子さん、か……」

うちの顔を見てすぐにその表情を引っ込める。いや、普通に失礼なんだけど。

「……何してんの、市川《いちかわ》さん」

開いたドアに寄りかかって、尋ねてみる。

「あ、うん、練習……かな。沙子さんは？　今日はダンス部なんじゃ？」

「部直」

「え、もう最終下校時刻？」

ショックそうに目を見開く市川さん。

「そう。で、この部屋が最後」

「ってことは、もう、私と沙子さん以外、学校に残ってないってこと……？」

「そう」

「うん、そっか……」

市川さんはちらっとドラムの方を見てから、はあ、とため息をつく。ドラムの上に1セット、スティックが置きっ放しになっている。やっぱり、まだ、取りに来られてないんだ。

「じゃあ、帰る準備しなきゃだね……？」

「そうなあ……」

彼のあいづちを借りながら、そこらへんに置いてある椅子に腰掛けて腕を組んだ。

「あれ、帰らなきゃなんじゃ……？」

「市川さんさ、」

市川さんの戸惑いを無視して、まっすぐに彼女を見つめる。

「うちに言わないといけないこと、あるんじゃないの」

「……！」

市川さんはうちの目を見て、息を呑《の》んだ。

「……聞いたの？　小沼くんから？」

「それは……」

あれ、ケンカしたって、ゆりすけから聞いたってこと、言っていいんだっけ。市川さんは拓人を疑ってるみたいだけど……。とりあえず英里奈から聞いたことにしてみるか。いや、英里奈だったらいいわけじゃないか……。

「でも、そうだね、沙子さんには私の口からちゃんと言わなきゃって思ってたんだ」

うちが逡巡《しゅんじゅん》している間に市川さんは自分から白状することを決めたらしい。助かった。

「私、実はね、」

彼女はすぅ……っと息を吸う。

「新曲の歌詞、書けてるんだ」

「そうだよね、学園祭近いんだから今すぐ仲直り……はあ？」

予想と違うカミングアウトのせいで、ついついノリツッコミ気味に、しかも語尾が上がってしまった。

顔を見合わせる市川さんとうち。

「仲直りって……？」

「歌詞書けてるって、何」

そしてお互いにお互いの言葉に疑問を差し込む。

……仕方ない、市川さんの質問を一旦解決しよう。

「なんか、拓人とケンカしたって聞いたんだけど」

うちがそう尋ねると、市川さんは唇を噛《か》んで、地面を横目でにらんだ。

「け、ケンカというか……あれは、小沼くんがいきなりすっごく嫌な態度とるから……」

「はあ……」

「というか、ハッキリとケンカにしたのは小沼くんというか、最終下校までこっちに来なかったってことは勝手に帰ったのは小沼くんというか、昼間一回も話さないくらいは普通に今までだってあったというか……」

ブツブツと、モジモジと、市川さんは言葉を続ける。

「……何があったの」

興味ないけど、ていうか正確に言うとあんまり聞きたくないけど、なんだか曖昧にされるのも蚊帳《かや》の外感があってムカつくので、尋ねてみる。

「昨日の放課後、『用事があるから、もしよかったら待ってて欲しい』ってお願いしようと思って話しかけたら、途中から小沼くんの態度が悪くなって、先に帰ってった……」

……は。

「……市川さんの用事って何」

「用事は……その、徳川《とくがわ》先輩にスタジオに呼び出されたって話だけど……」

「はあ……」

頭がクラクラする。

二人とも身勝手というか、そういうケンカは付き合ってからやれよとか、前回の練習の時になんか市川さんを応援するようなことを言っちゃったじゃんか、とか。

　色々なことがよぎったけれど、とりあえず。

「……あのさ、明日、練習なんだけど」

　そのいざこざに巻き込まれるのは我慢ならないから、明日までに決着をつけてほしい。

「分かってるけど、小沼くんが悪いから私は謝りたくない……」

「いや……そういうの、まじでどうでもいいから……」

「どうでもよくないもん……」

　子供じみたセリフで口をとがらせる市川さんは、やけに可愛らしくて、うちは片手で頭をかかえる。拗《す》ねた顔が可愛いなんて、うちはこんな化物を相手にしてるのか……。

「じゃあ、謝んなくていいから、仲直りはして」

「うーん……」

　ジロリと市川さんを見ると、それでも強情に首を縦には振らない。

　この人、見た目に反して、本当に可愛くない性格してるな……。

「いいから、『分かった』って言って」

「善処します……」

「……明日までね」

「善処しまーす……」

　いまだに口をとがらせている市川さん。なんなのマジで……。

可愛《かわい》い顔に段々ムカついてきたから、崩してやろうとほっぺを引っ張った。

「沙子さん、い、痛い……！」

……なんでほっぺ引っ張っても可愛いんだろう。

「……で、歌詞っていうのは」

なんだかあほらしくなって、ほっぺを解放して、そう水を向ける。

「あ……うん」

コホン、と軽く咳払《せきばら》いをして、真剣な顔でうちの目を見てくる。

「実は、書けてるんだ、新曲の歌詞」

「……いつから」

「原型は、曲が出来るのと同じくらいに」

……なんなの、それ。

「なんで書けてないなんて言ったの」

「私、怖かったんだ」

市川さんは、言葉の内容とは裏腹に、毅然《きぜん》とした声色で、そう告げた。

「何が」

「……歌詞を聴いたら、分かると思う」

市川さんは、緊張しているのだろうか、胸に手をあてて深呼吸をしてから、尋ねてきた。

「沙子さん、聴いてくれる？」

「……分かった」

うちの言葉にうなずくと、市川さんはしまいかけていたギターを構え直す。

マイクから口元を外し、こちらに向き直る。

きっとそれは、生声で伝えようという強い意志だ。

ギターをぽろんと鳴らし、チューニングが合っていることを確かめると、すぅー……っと、深く息を吸う。

「それじゃ、歌うね」

そう宣言して、演奏を始めた。

練習している時と同じ、柑橘《かんきつ》の香りがするような爽やかなメロディ。でも、その柑橘はやがて沈む夕陽《ゆうひ》のオレンジに姿を変えていく。

甘酸っぱいだけではなく、そこにある切なさ。

乗せられた歌詞を、込められた思いを、うちは初めてちゃんと聴かされることになった。

……それが、誰が誰に向けて書いた歌なのかは、誰が聴いても、明白で。

その感情を、そのきらめきを、そして、その痛みを、うちは、よく知っていた。

こんな状況じゃなければ、こんなきっかけじゃなければ、きっとこの曲を何百回も聴いてしまうだろうなと思うくらいに、……いや、こんなきっかけでも、そうしてしまうだろうな、と思うくらいに、うちの心を大きく揺らした。

この曲を、たまらなく好きになってしまっていた。

最後のストロークが終わり、市川さんはスタンドにギターを立てかける。

そして、軽く首をかしげながらうちの目をまっすぐ見据える。

その目は、「どう思う？」とうちに聞いていた。

「……そう、なんだ」

「……うん」

うちがなんとか声を発して、それに市川さんはそっとうなずいて、言葉を続けた。

「こんな曲を歌ったら、私たちは、少なくとも、今のままではいられなくなるって思ったんだ。もしかしたら、バンドだって、終わっちゃうかもしれない。それで、私なりにすっごく悩んで、歌詞を変えたらごまかせるかもって、新しい歌詞を書いてみたりして……」

その唇を引き結ぶ。

「でも、書けなかった。この曲には、この歌詞しかなかった。だったらもう、この曲をやるかやらないかって選択肢しかなくて。それでね、沙子さん。私は、」

そして、強い眼差《まなざ》しでうちの目を見る。

「……この曲を歌いたい」

「……なんで」

どうして、それでも歌うことを決意したんだろう。

「あのね、私は、」

すぅーっと息を吸い、真剣な顔で彼女は言う。

「女の子である前に、ａｍａｎｅなんだ」

堂々としたその態度は、彼女の芯の強さを感じさせるには十分すぎた。

つい、口を開けて、その姿を見上げてしまう。

どれだけ虚勢を張っても、無表情をつらぬいても、

「そこに表現したい感情があって、そこにメロディがあって、そこに歌詞があるんだったら、」

真似《まね》していた髪型を同級生になった途端に慌てて金髪にして、そのまま伸ばしても、

「誰を傷つけたって、私はそれを歌わないわけにはいかないんだ」

残酷なまでの、本物の強さには、敵《かな》わないんだ。

……うちが、かっこいいな、なんて、まんまと思ってしまうくらいの、この強さに。

「……そりゃ、そうでしょ」

ボソリとなんとか答える。多分、本当はその10分の1も分かっていないのに。

「でも、この曲を沙子さんに弾いてもらうわけにはいかないって、それくらいの分別はついているつもり。だから私は、この曲を一人で演奏しようと思ってる」

そんで、最後までもう、この人は……。

「はあ……」

わざとらしくため息をついてみせた。

「あのさ、あんまり見くびらないでもらえる」

「見くびるって、何を……？」

うちの声が怒気をはらんでいるのを感じたのだろうか。一転して少し不安そうにする市川さんはなんだか無駄に庇護《ひご》欲をそそる。……絶対に庇護なんかしてやらないけど。

「うちだって、別に、拓人といられるってそれだけでバンドをやってるわけじゃないから。このバンドも、学園祭も、うちにとってはめちゃくちゃ大事なんだよ」

「そう、だったんだ……！」

市川さんが驚嘆に目を見開く。……うちのことをなんだと思ってるんだ。

「だから、この曲のベースは、絶対にうちが弾く」

「え……？」

「だって、この曲の歌詞を一番理解できるのは、うちでしょ？」

市川さんが息を呑《の》む音がした。

「あのね、うちは」

こんなところまで真似して、ダサくて、自分でも締まらないな、と分かってはいても、それでも。

「女の子である前に、ａｍａｎｅのメンバーなんだ」

……ちょっとくらい、かっこつけさせてよ。

「沙子さん……！」

その瞳が潤んで揺れる。一転して見せるその可愛さにうちは、少し意地悪をしたくなった。

「ちなみにだけど」

うちは、滅多《めった》に見せない歯を見せて、ニッとした笑顔を作ってみせる。

「この曲を聴かせたくらいじゃ、拓人は何も分からないと思うよ」

「え？　いやいや、さすがに、そんなことは……」

「だって拓人は」

これを聞かせたら、あなたは、どんな顔するんだろう。

「うちがキスしても、まだよく分かってないもん」

「……………………きす？」

時間が止まってしまったのかと思うほど完全に固まった市川さんがなんとか声を発したのは1分後くらいのことだった。

裏返った声がいい気味だ。

「そう、キス。しかもファーストキス」

「えーっと……、ごめんね、すっごく混乱してるっていうか……、え、どういうこと、かな？

いつの話……？　あ、小さい頃にふざけて、みたいな！　そういうこと、だよね……？」

「違う」

首を横に振る。

「あ、じゃあ間接キスを沙子さんが拡大解釈してそう言ってるとか、そういうこと、かな？」

「違うんだけど……」

動揺してるのは分かるけど、それにしても失礼が過ぎる……。

「……夏休みのことだよ。正真正銘の、ファーストキス」

「は、はあ……。そう、ですか……」

腰が抜けてしまったらしい市川さんはへたへたとその場に座り込む。……あなたは、そんなところで腰抜かしてる場合じゃないんだけど。

「それは、小沼くんも合意の上でって、ことだよね……？」

「……」

微妙に痛いところをつかれて、黙秘権を行使する。

「あれ？　えーっと、じゃあ、今、沙子さんと小沼くんは、付き合ってるの……？」

「……付き合っては、ない」

だけど、大事なところはちゃんと答える。それを隠すことは、『目的』に反するから。

「うちがキスしても、まだよく分かってないって、言ったじゃん」

「あ、そっか……。……え、それで分からないとかある……!?」

さっきまでとは別ベクトルで市川さんが眉間にしわを寄せた。

「そうなあ……」

……まあ、うちがそこに込めた想《おも》いは、そういうことじゃなかったから、いいんだけど。

「で、市川さん」

声が震えたりしないよう、お腹《なか》に力を入れて、とっておきの質問を繰り出す。

「今、どんな気分」

へたり込んでいる市川さんに問いかけると、市川さんは上目遣いで可愛く頬《ほお》を膨らませる。

「……すっごく嫌な気分」

どこまでも正直な人だと、そう思う。

そういうところに、少なからず好感を持ってしまうのは、憧れを持ってしまうのは、どうしてなんだろう。

もしかしたら、うちと拓人は、育ちが近いから、そんな、似ても仕方ないところまで似ちゃったのかもしれない。

……はあ。

きっと、これを言ってしまったら、もう、引き戻せなくなる。本当の終わりが来る。

怖い、苦しい、痛い。

……それでも。

本当に大切なことは、もう見失わない。

「……それ、拓人も、同じ気持ちなんじゃないの」

「……！」

市川さんは目を見開く。

「拓人も、市川さんがさっき歌った歌詞と同じように思ってるから、不機嫌になって、それで、どうしたらいいのか分からなくなってるんじゃないの」

「沙子さん、それって……」

うちがじっとその目を見つめると、頭の良い市川さんは、みなまで言わなくてもうちの言いたいことを悟ったらしい。

唇を引き結んでゆっくりとうなずいた。

やっと分かったか、やっと思い知ったか。

「……新小金井駅前の公園」

吐き捨てるように伝える。

「え……？」

「そこに、拓人がいるから」

「でも、沙子さんはそれでいいの……？」

市川さんが瞳を揺らす。

……いいかどうか、なんて今さら聞くな。

「あのさ、市川さん、うちに言ったよね」

「何を……？」

うちの投稿が市川さんを傷つけていたと分かったあの日。

『私ね、これまではちょっと遠慮してたんだけど……』

屋上への階段に逃げ込んだうちの耳元で、市川さんは確かに言ったんだ。

「『沙子さんの恋敵になるから、覚悟してね』って」

「それは……！　それは、だって……！」

「戦う覚悟のないやつが、宣戦布告してきた、なんてこと、ないよね？」

うちは市川さんの言いかけた言葉を遮って、続ける。

……分かってる。それが、うちの罪悪感を打ち消すために使われた方便だってことくらい。

だけど、だからこそ。

それを口に出させるわけにはいかないんだ。

……気づかれないように、そっと拳を握り込んだ。

「ていうか、うちは、拓人と付き合うことには、実際あんまり興味ないんだよね」

「そう、なの……？」

「うちが目指しているのは、もっと本質的っていうか、その先っていうか」

「その先……？」

「うちは、拓人とずっと一緒にいたいんだ」

本当にそうなったら素敵だな、なんて、ついつい頭の中で想像して、頭の中だけで微笑《ほほえ》む。

それが、精一杯。

「……だから、拓人と結婚する」

相変わらず呆《ほう》けて首をかしげている市川さんを一瞥《いちべつ》して、続けた。

「……高校時代の彼女なんかどうせ別れちゃうんだから、とっとと付き合って、とっとと別れちゃってよ」

ああ、まずい。握り拳が震えている。限界が近づいている。赤いランプが点滅している。

……仮面が、剥《は》がれそうになっている。

「ほら、いいから、早く行って」

うちはそっとドラムの上に置いてあるスティックを手に取ると、へたりこんでいる市川さんに差し出す。

まるで、何かをつなぐバトンみたいに。

「沙子さん、私……！」

でもね。

うちは、あなただから、これを託すことが出来るんだと思うんだ。

「うちはバンドメンバーだから分かるけど、」

そして、もう片方の拳をそっと後ろ手にしまって、口角をしっかり上げて、笑ってみせた。

「……市川さんは、出来るよ」

市川さんはうなずき、スティックをうちの手から受け取ると、スタジオを飛び出していく。

走り去っていく市川さんを見送って、そっとため息をついた。

……でも、まだだ。ここで爆発させるわけにもいかない。最後に見回る教師に見つかったりしたら、それこそ最悪だ。

少しでもゆるめたらもうダメになってしまうだろう。うちはいつも以上に無表情を装って、昇降口から外に出た。

このまま新小金井駅の方に向かったら、あの二人に会うことになる。今日はバスで帰ろう、とバス停のある正門に向かうと。

そこに、一つの人影が寄りかかっていた。

「……先帰っててって言ったじゃん」

「もぉー、塩対応だなぁー。さこっしゅの地元の人はみんなそうなのぉー？」

彼女は、にへらー、と笑ってこちらに近づいてくる。

「……ていうか、間は」

「先に帰ってもらったよぉー？」

「なんで」

「なぁーんでもだよ！」

「……あっそ」

……今は誰にも会いたくないのに。

うちは英里奈の脇を通り過ぎて、バス停に向かって歩みを進めた。

「待って」

後ろからぎゅっと抱きつかれて、うちは、不可抗力的に足を止めることになる。

「……なに」

「あのねぇ、さこっしゅ」

そのまま英里奈は、優しく頭を撫《な》でてくる。

「さこっしゅはさ、最終的には自分はひとりぼっちだって、そう思ってるでしょ」

「……！」

英里奈の言葉に、髪をすべる感触に、こみ上げそうになったものを、慌てて飲み込んでおさえつける。

「最終的には、自分が一人で耐えたらいいんだって、そう思ってるでしょ」

こらえるために声を発することの出来ないうちに、英里奈は言葉を続ける。

「笑顔も涙も噛《か》み殺《ころ》して、何もなかったような顔してるのがかっこいいって、そう思ってるでしょ」

「かっこいいなんて……そんな……」

「かっこいいよ、さこっしゅは」

否定しようとするのを、優しく、だけど強く、遮られる。

「そういうとこ、本当にかっこいい。かっこいいけどね、さこっしゅ、だけど、」

そう言って、英里奈はうちの背中に顔をあてる。

そこからじんわりと、湿った温《ぬく》もりが広がっていくのを感じた。

「かっこよくなんかなくたって、いいんだよぉ……！」

まずい。不意をつかれた。

そんなこと言われたら、うちは、もう……。

「苦しい時は泣いたっていいんだよ？　悲しい時はわめいたっていいんだよ？」

潤んだ声でそう続ける。

「……もっと、頼ってよ。もっと、見せてよ」

背中に英里奈の頭がさらに強く押し付けられる。

ふぅ、と息をゆっくり吐いて、

「……うちは、大丈夫だよ、英里奈」

声が震えてしまわないよう、なるべくフラットに、答える。

「さこっしゅー……」

英里奈が悲しそうな声を出して、そっとうずめていた顔をうちの背中から離した。

そのタイミングで、うちはそっと振り返り、英里奈に向き直る。

うちの顔を見て、英里奈は、息を呑《の》んだ。

「さこっしゅ、涙が……！」

うちはその時、あの日以来、拓人以外に初めて泣き顔を見せた。

「英里奈……ちょっとだけ、肩貸して」

英里奈の肩に顔をうずめると、柔らかい手が、うちの頭をまた撫でてくれる。

「頑張ったね、偉かったね……」

自分の目尻に広がるぬるい湿気と、震える肩。

「ねえ、うちは、上手に出来たかな？」

もう、気持ちの制御が出来ない。

「最後くらい、かっこつけられたかな？」

声が震える。語尾が上がる。

もう、平坦《へいたん》なんかじゃいられなくなってしまった。

……仮面は、完全に剥がれた。

「うん、きっと、大丈夫だよ」

頭の上から優しくて甘い声がうちを包み込む。

「ねえ、英里奈？」

「んー？」

「拓人はこれで、幸せになれるかな？」

その手が、息が、一瞬止まったあとに。

「さこっしゅ、それはもう、完全に、『愛』だねぇ……」

英里奈が鼻をすする音がする。

「……こんなに辛《つら》いなら、愛なんかいらない」

「そぉだねぇ……」

「こんなに痛いなら、愛なんかいらない……！」

「うん、分かるよぉ……」

「こんなに苦しいなら、愛なんかいらない！」

嗚咽《おえつ》なのか叫びなのかもよく分からない、とにかく自分から出たとは思えないほどの大声があたりの空気を震わせた。

しがみつく手に力が入る。ごめんね英里奈、シャツ、くしゃくしゃになっちゃう。

「そうだよね……分かるよぉ、すーっごく分かる。えりなも本当にそう思う。なんでこんなに痛いんだろぉね、なんでこんなに苦しいんだろぉね？」

英里奈の声が、うるんで輪郭を失っていく。

「もっとさぁ、叶《かな》う夢だけ見て、センスがあることにだけ興味を持って、愛してくれる人だけを愛してって、そう出来たら簡単なのにねぇ。そういう生き方なんて、きっと他にいくらでもあるのに、どぉして心はこんなに不器用なんだろうねぇ……」

そこまで言うと、英里奈はうちを自分の肩から優しくはがした。

恋敵でもあるうちの目をまっすぐに見ながら、涙と鼻水でぐしゃぐしゃになりながら。

「ねぇ、さこっしゅ？」

なんとか作った下手くそな笑顔で、びしょ濡《ぬ》れに震えて原形を失ったその声で、それでも精一杯お茶目《ちゃめ》に彼女は言うのだった。

「愛してるぜぇ？」

その笑顔に、その声に、その言葉に、

「はは、は……」

何年振りだろう、うちは声を出して笑った。

こっちも、涙と鼻水でぐしゃぐしゃになった、きっとものすごく不器用で、きっとものすごく下手くそな笑顔で。

＊＊＊

新小金井駅の前の公園のベンチ。

「はあ、はあ……」

沙子を待っていたはずのおれの目の前に今いるのは、前屈《まえかが》みになって息を切らしている市川

だった。

「どうして……？」

「……これ、沙子さんから、預かって、きたんだ」

息継ぎしながら差し出された右手には、おれがスタジオに忘れたスティックが握られている。

そこに至った経緯は分からないけど、とにかく、『仲直りしろ、ばか拓人』というメッセージだけはひしひしと伝わって来た。

その重みをたしかに感じながら受け取った、その時。

「私、間違ってた！」

市川が何かを振り払うように口にした。

「勝手にひとりぼっちになっていたのは、私の方だった。私にとって大切なものが、私にとってだけ大切なんだって、どうしてそんな風に思っちゃってたんだろう」

これまでに見たことないほど熱っぽく、市川は言葉をとめどなく繰り出す。

「他のもの全部失ってでも、大切な人を、大切なものを、大切な場所を、必死に守ろうとしてる人がいるのに、その『大切』は私と同じなのに、その気持ちにも気付かないまま、勝手に自分だけの大切なんだって思い込んで、一人で考えて、何も出来ないって、臆病になってるだけだった」

その言葉に、夏休みの踏切の前での会話が思い出される。

『……だから、怖い。私が歌うことで、何かが変わってしまうのが、すごく怖い』

「たしかに、伝えたら壊れちゃうものもあるかもしれない。でも、何もしないでいたら、そんなに大きな気持ちなのに、全部なかったことになって、いつの間にか離れていっちゃうだけだって、何でそんなこと、忘れちゃってたんだろう」

市川は顔を上げて、おれを見据える。

「……だから私は、学園祭で、絶対にあの曲をバンドで歌うことにした」

夕陽《ゆうひ》に切り取られたその顔はすっかり、おれの憧れたａｍａｎｅそのもので。

「……市川」

だったら、今度はおれの番だ。

「昨日は、ごめん。なんというか……嫌な言い方をして」

前振りの割にかっこ悪い謝罪を、それでもしっかりと口にして、深くお辞儀をする。

「ううん、こちらこそ、ごめんなさい」

市川もしおらしくお辞儀を返してから、ふふ、と笑ってくれた。

雰囲気がやわらぐ。

……だが、そうなると気になるのはやっぱり、そのことで。

「それで、その……昨日の用事って、やっぱり……？」

「……うん」

……『告白』という単語が出せないままのおれの質問に、うなずきが返ってくる。

「そ、それで……？」

「……お断りしたよ」

市川が真顔に戻って答えた。

「そう、か……」

「『それでも、伝えて良かった』って言ってくれて……むしろ、背中を押されちゃった。だからね、小沼くん」

市川はそこまで言うと、おれの耳元に唇を寄せてくる。

「……学園祭、ちゃんと聴いてね」

Track 11 : Dancing Men

「ここに、第40回学園祭の開催を宣言いたします！」

気持ちのいい秋晴れの土曜日。

全校生徒たちが教室のベランダから覗《のぞ》く中庭には簡易的なステージが設置されていて、その上で学園祭実行委員長と思われる女子生徒が、笑顔で宣言している。

方々から拍手が巻き起こり、誰かが鳴らすクラッカーの音も聞こえる。

大盛り上がりのオープニングセレモニーを2年6組の窓際から見ていると、隣に立った市川《いちかわ》が胸の前で両手の拳に力を込めて、フンッと、鼻息を漏らした。

「いよいよだね、小沼《おぬま》くん……！」

「そうなあ……」

対するおれは、去年の学園祭のことをほとんど覚えていないということに気付いて、妙な感慨に浸っていた。こんなセレモニーあったっけ？

一人だと思い出は思い出になりづらいというようなことを聞いたことがあるが、まさしくそれなんだろう。

「それじゃ、何見て回ろっか？」

市川は横で無邪気にパンフレットを開く。

どうやら一緒に回ることは前提らしい。異論はないけど……。

「えーと、11時から体育館でダンス部、1時からこれも体育館で器楽部……、3時からは私たちの学園祭ロックオンだから、ダンス部と器楽部を見てたら他を回る時間なさそうだね。でも、沙子《さこ》さんと由莉《ゆり》を見ないわけにはいかないし……どうかな？」

パンフレットを見せようと、市川はごくごくナチュラルな動作でおれに身を寄せてくる。いや、近いって……。

「……その2つを見るだろ、普通に」

相変わらずの距離感に、おれはそんな不器用な答えだけを返した。

ていうか、そう思ったら、沙子や間《はざま》は1日に2つの舞台に立つのか、すげえな……。

「そうだね！　それじゃ、まずは、体育館にダンス部を見にいこっか！」

体育館に到着すると、午前中の演目にもかかわらず、すごい人だかりが出来ていた。

「ダンス部ってこんなに人気なのか……？」

「そうなんだね……！　早めに来てよかったね」

そんなことを言いながら固まっていると、

「天音《あまね》、小沼、お疲れ！」

青春部の部長さんが飄々《ひょうひょう》と手をあげながら近づいてきた。

「おお、お疲れ。というか……」

そんな吾妻《あずま》に対して、おれは気になっていることが、一つ。

「……吾妻先生、あちらの方、進捗いかがでしょうか……？」

というのも、吾妻から『キョウソウ』の歌詞が届いて以来、最後の1《ワン》フレーズがまだ読めていない。

「あー、それね。本番前までには、ちゃんとするから、大丈夫！」

「もう本番前だろ……!?」

器楽部が忙しいのは分かるし、責めるつもりはないのだが、このままだとあの曲の最後が『ララ』のままになってしまう。

「まーまー、絶対なんとかするから」

なのに、吾妻は全然危機感を持っていないように見える。そういうところがいつもの吾妻らしくなくて、おれはむしろ、その事実にこそ動揺していた。

「……なんか、企《たくら》んでる？」

「さて、なんのことでしょう？　ほらほら、行くよ」

「ちょっと、吾妻……！」

ごまかすように背中を押されて、吾妻、市川と体育館に入った。

館内にはパイプ椅子がずらっと並んでいる。どうやら自由席みたいなので真ん中らへんの席について少しすると、舞台に一筋のスポットライトがあたる。

「みなさんこんにちはぁー！　本日は来てくださってありがとうございまぁーす！　ダンス部

の公演をお楽しみくださぁーい！」

甘えた声の某悪魔さんが満面の笑みで公演のスタートを宣言した。

衣装に着替えて舞台用の化粧をした英里奈《えりな》さんは、なんだかいつもと別人みたいだ。

その姿に妙な誇らしさと妙な寂しさを感じる。なにこれ、親心？

「それでは、まずは、男子の部でぇーす！」

その言葉を合図に、大音量で何やらかっこいい音楽が流れ始める。

舞台袖から三人の男子が出て来て、踊り始めた。

詳しいことはおれには全く分からないが、三人がぴったり揃《そろ》ったダンスは圧巻だった。

「おお……」

普段テレビ越しにダンサーの人たちを見ている時は、『あーおれとは違う人種の人だ。こんな人クラスにいたら絶対仲良くなれないわ、いや、別に誰とも仲良くないんだけど……』と思うくらいだったが、生で見てみると、

「かっこよー……」

つい、口からそんな感想がこぼれ出てしまう。

そのセンターで一際キレキレで踊っているのが、間だった。

ロック部の練習もあるのに、ダンスもあれだけ完成度高くしてるのはすごいことだな、と思う。これまでは『兼部』ということ自体になんとなくどっちつかずな印象を持っていたが、片方でもここまで極めているとなるとそう簡単に否定も出来ない。

他の部員も色々な組み合わせで出て来て、数十分、男子のダンス公演が続いた。

男子の部が終わると、舞台がまた少し暗くなって、スポットライトが一人にあたる。

「みなさん、男子ダンス部はいかがでしたかー？」

間健次《けんじ》の登場に、黄色い声が体育館中の壁を震わせる。さすが、インスタ人気は伊達《だて》じゃないらしい。

間はその歓声を受けて、満足そうに笑うと、

「それじゃ、女子ダンス部にバトンタッチです！　こっちも盛り上がっていきましょうヨロシクぅ!!」

その言葉に、再び会場のボルテージが高まる。

前回のロックオンでのチェリーといい、間って、盛り上げ上手だよなあ……。

特別気の利いたことを言っているとかではないのだが、その言い方やタイミングとかで、周りを巻き込むチカラがすごいのだろう。

そんなことを思っていると、舞台がパッと明るくなり、女子が二人ステージにおどり出る。

それは、英里奈さんと沙子だった。

英里奈さんは普段の甘ったるい話し方からは考えられないほど機敏に動き、沙子は金髪をはためかせて、完璧なリズム感で踊っている。

「すっげえ……」

おれはこちらにも圧倒されていると、

「沙子さーん!!　英里奈ちゃーん!!」

「⁉」

左から金切り声が聞こえた。おれの右で吾妻もバッとこちらを向いた気配がした。

「ちょっと市川、声！　歌うんだから温存しといて！」

「あ、そうだね……！　ごめん、ついつい……！」

えへへ、と頭をかく市川。その動きがなんか可愛らしいのは結構なのだが、なんでこの人は元プロなのにそういうところの意識が低いのだろうか……。

舞台に視線を戻すと、そこには相変わらずかっこよく踊るきらびやかな二人の姿があった。

「青春、だなあ……」

右側で吾妻が小さくつぶやいた。

吾妻が器楽部にかけるように、市川が音楽にかけるように、ダンス部にはダンス部の情熱があり、青春がある。

それは当たり前に、他の部活も、部活以外の活動もみんなそうだ。

人前でやるようなものであっても、そうでなくても、大会があるようなものでも、そうでなくても、一人一人に特別な日常があって、喜怒哀楽があって、駆けずり回ったり、叫んだり、転んだりしているのだろうな、と妙に感慨深くなる。

きっと、普段教室やスタジオでしか会わない沙子や英里奈さんがダンスに打ち込んでいるところを、初めて目の当たりにしたからだろう。

ダンッ!! と最後の一発が鳴ると共に、曲が終わり、ダンスがバシッと止まる。

若干息を切らせながらも、0・数秒のブレイクのあと、

「おおおおお！」

歓声と拍手で会場が包まれた。

＊　＊　＊

市川と、ダンス部公演を終えた沙子と三人でたこ焼きやらタピオカやらを飲み食いしていると、すぐに器楽部の公演の時間になった。

体育館に入ると、椅子の上には、今日の公演のために作られたのであろうパンフレットが置かれている。最前列にちょうど空いている席を見つけて、三人並んで座った。

「今日のセットリストだ」

「へー、『Message For You!』だって、しゃれてるね！」

女子二人はさっそく開いて楽しそうに読み始めている。

どれどれ、と、おれも見てみると、1ページ目、誰かが書いた楽器のイラストやら顧問のイラストやらの合間を縫うように、本日の曲目が書かれていた。

Message For You!
01.The Jazz Police

02.High Maintenance
03.A Few Good Men
04.Nutville
05.Keep the Customer Satisfied

06.Ya Gotta Try
07.One O'Clock Jump
08.Unforgettable

09.Autumn Leaves
10.Love for Sale
11.L–O–V–E

＊　＊　＊

「はは」

その曲目を見て、つい照れ笑いみたいな笑みがこぼれた。

「ん？　小沼くんどしたの？」

「吾妻らしい仕掛けがある。実際に吾妻が考えたのかは知らんけど」

左隣の市川に、セットリストの書かれたページを指差して見せる。

「んー？」

市川が髪を耳にかけながら、おれの手元を覗《のぞ》き込んできた。ふわっといい匂いがして、おれは少し身体《からだ》を引く。

黙っているおれに答えを急《せ》かしたかったのだろう、

「どういうこと？」

そのままこちらを見上げてくる。だから近いっての……。

「た、縦読み」

「縦読み……？　ああ、そういうことか！」

市川が膝を打った。

あらためて、曲目を縦に読むと、そこには、

『THANK YOU ALL』

という言葉が浮かぶ。それが『Message For You』ということらしい。

「わー、さすが由莉だね！」

気づいたことにか、吾妻っぽいなと思ったことにかは分からないが、なんだか嬉《うれ》しくなっていると、おれの右側で沙子が声を上げる。

「部員紹介も、良い感じだよ」

「ん？」

うながされて視線を移すと、少し恥ずかしそうにVサインをした吾妻の写真を見つけた。

その横には。

『器楽部歴代、最強の鬼部長！　鬼のように練習熱心で、鬼のように上手《うま》くて、鬼のように厳しい！　もう、部長にはついていけません……なんて嘘《うそ》です！　一生ついていきます、ついていかせてください!!　器楽部歴代、一番愛されている部長です！（異論は認めない！）』

その部員紹介に、手持ち花火大会の時の吾妻の言葉が思い起こされる。

『当たり前かもだけど、楽しいことばかりじゃないんだよ、部長って』

『どっちにも好かれるどころか、どっちにも嫌われたりして』

なんだよ、ちゃんと、伝わってるじゃんか……！

「……お、小沼くん!?　どうしたの？」

感心していると、市川が驚いた様子で声をかけてくる。

「……へ？　何が？」

「何がって……、小沼くん、泣いてるよ……!?」

狼狽《ろうばい》している様子の市川を見ようとすると、その視界がぼやけていることに気付いた。

おれは急いで涙をぬぐう。

「あ、いや、引退なんだな、って思ったらなんか泣けてきちゃって……」

「うちは幼馴染《おさななじみ》だから知ってるけど、拓人《たくと》は、見た目よりも感情豊かだよ。うちは幼馴染だから知ってるけど」

言い訳をしていると、沙子がフォローを入れてくれた。

「うん、そうかもしれないけど……！　というか、それ、沙子さんが言えることかな？」

「はあ？」

沙子と市川がじゃれ始めて、おれの涙から話題が移る。

いや、恥ずかしい。いきなり泣いてたら怖いよな、すまん市川……。

でも、なんというか、吾妻の努力や想《おも》いがしっかりと届くべき相手に届いていることが分かって、どうにもこらえきれなくなってしまったのだ。


少し経《た》つと、客席の照明が落ちて、舞台の幕が開き、そこには三十人くらいの部員がズラッと並んでいた。

ドラム、ベース、ピアノ、ギターの他に、トロンボーンやトランペットなどの金管楽器、サックスなどの木管楽器がずらっと並んでる。大所帯の東京スカパラダイスオーケストラみたいな感じと言えば伝わるだろうか……？

器楽部は『ビッグバンドジャズ』という音楽をやっているらしい。

『ビッグバンドジャズ』というジャンルは、結構前に「スウィングガールズ」という映画で演奏されていたり、某夢の国の海の方でも人気のショーとしてもう10年以上も公演されていたりと、おれも知識としては持っているものの、実際に生で見るのは初めてだ。

「みなさんこんにちは！　器楽部です！」

吾妻がそう挨拶をして、器楽部の公演が始まった。

超絶技巧に圧倒されるような曲、ロックかとも思えるようなクールな縦ノリの曲、管楽器もギターもベースも一糸乱れず同じフレーズを演奏するような曲、情感豊かに切なく歌い上げるような曲。

「すっげえ上手いな……！」

「……すごい」

とにかく、どの演奏も、かっこよすぎる。特に、吾妻のベースは圧倒的だった。

「ゆりすけ、歴代で一番、現役中に上手いベーシストって言われてるんだよ」

「え、そうなの？」

「うん……『鬼部長』っていうのも、鬼のように練習する部長のせいで、他の人がサボれないからだってさ」

「そう、なのか……！」

時に陽気なMCを挟みながら、ソロを演奏した部員を紹介しながら、時間はあっと言う間に過ぎ、ついに『L-O-V-E』までの全曲を演奏し終えた。

本編最後の音が短く、高らかに鳴り響く。

「ありがとうございました！」

吾妻の声に、会場中は喝采で包まれ、その喝采はやがて大きな一つのリズムを刻み始めた。

「「「アンコール！　アンコール！」」」

会場中を満たす期待の声を受けて、にこやかに笑った吾妻が、そっとマイクに近づく。

「アンコール、ありがとうございます！　……まあ、曲は用意してたので、アンコールいただかなくてもやる予定でしたけど！」

と、会場の笑いを誘った。

「……あたしたち2年生は、今日で引退です」

そして、緊張を吐き出すように息をついてから、最後のMCを始めた。

「今日までの1年半の思い出を一つ一つ語っていったら、とてもこの時間では足りません。仮入部から始まり、初めて人前で演奏した夏コン、合宿、去年の学園祭、冬には大会に出たりもしました。そして、そんなイベントの隙間に挟まれた、忘れてしまいそうな、だけど愛《いと》しい『平日』が、抱えきれないほどあります」

2年生、吾妻の同級生たちが懐かしむように微笑《ほほえ》んでいる。

「あたしは、青春がしたくてこの学校に入って、青春がしたくてこの部活に入りました。どうしても、今日のこのコンサートを成功させたくて、厳しいこともたくさん言ったと思います。ごめんね、みんな」

1年生の数人が目を真っ赤にして、ふるふると首を振る。

「でも、これまでの高校生活は、青春は、全部、今日のこの舞台のためにあったんだと思います。切ないことも苦しいことも楽しいことも嬉しいことも全部全部、この日のためにあるのだと思います。大げさに思われてしまうかもしれませんが、あたしにとっては、そうなんです」

『あたし、器楽部に青春かけてるから！』』

あの日、吾妻はたしかにそう言った。

「そして、」

吾妻は、大きな瞳を輝かせ、

「今日のこの演奏はきっと、明日からも続いていく日々のためにあるのだと思います。今日があったおかげで、明日からも、あたしたちは誇りを持って生きていくことが出来るのだと思います」

そのさらに先を見据える。

優しく、だけどかっこよく微笑む。

「あたしにとっては、器楽部の部員たちは、同じ部活の盟友であり、バンドメンバーです。なので、あたしのバンドメンバー全員に一つだけ、覚えておいて欲しい言葉を言わせてください」

その時、チラリ、とこちらの方を見た気がした。

「あなたたちがいてくれてよかった。私は、今日までの全部と一緒にこの曲を奏でるよ」

「吾妻……！」

……今、吾妻は『私』って言ったよな？

バッと両隣を見ると、市川と沙子も嬉しそうにうなずく。……やっぱりそうなんだ。

「由莉は、最高の作詞家《さくし》だね……！」

「策士《さくし》とも言える」

沙子が0・数ミリのドヤ顔で妙にうまいことを言ったのに軽く笑ってから、舞台に視線を戻すと、吾妻は満足そうにうなずいてから、とうとう宣言した。

「それでは、本当の本当に最後の曲です！　すべての特別な日、そして、すべてのありふれた日々に感謝を込めて。全身全霊、死ぬ気で演奏します！　聴いてください。Buddy Rich の名曲、『Dancing Men』！」

その声を合図に、ドラムの男子がハイハットでドラムソロを叩《たた》きながら、

「1、2、1234！」

大きくカウントをすると。

ファンファーレのような、歓喜のメロディが爆発するように流れ出す。

サックスが流暢《りゅうちょう》に丁寧に一つ一つフレーズを歌い、そこにトランペットやトロンボーンが高らかに呼応し互いを強く肯定する。

その時。

……おれの視界に、おれの見たことのない景色が広がった。

初めて楽器に触った時のこと、初めて音を出したこと、部活で出来た初めての友達、指が痛くなるほど、唇が腫れてしまいそうになるほど練習したこと、帰り道のマック、寄り道、先輩に叱られた翌日の少し気まずい挨拶、譜面に書き込んだ励まし合いの言葉、合宿でやっと打ち明けた本当の気持ち、お揃《そろ》いで買ったダサいキーホルダー、変顔の写真、課題曲の自分のパートを口ずさみながら連れ立って歩いた帰り道、大切な大舞台でミスをしてしまい悔しくてちぎ

れるほど泣いたこと、励まし合ってなんとか立ち直って同じ曲を次のコンサートで成功させて、抱き合ってやっぱり泣いたこと。

そんな、おれの知るはずもない情景が、感情が、思い出が、音になっておれの心になだれ込んでくる。

その表情が、その演奏が、その振動が、その躍動が、全力で伝えていた。

『本当に、器楽部に入ってよかった！』

やがてサックスのソロが終わり、再度サビにあたるメロディが流れたあと。

「ベースソロ、わたしたちの最高の部長、吾妻由莉!!」

サックスソロを吹いていた生徒が吾妻の名前を呼ぶと、吾妻がドラムの刻むリズムに合わせてベースソロを弾き始めた。

「由莉ー!!」

悲痛なほどに、市川が声をあげる。喉がおかしくなってしまうかもしれない。

でも、もう、おれは市川を止めることなんて出来ない。

もう、喉が震えてしまって、うまく声が出せないのだ。

「ゆりすけ！」

沙子までが声をあげている。

「頑張れ、吾妻……!!」

情けなく声が震える。

おれなんかに言われなくたって、吾妻が十分頑張ってることくらい、分かってる。……分かってるけど。

『小沼が知ってくれてるって、それだけで、今よりもうちょっと頑張れる気がするから』

おれは、吾妻がこのコンサートを成功させることを、願わずにはいられなかった。

いつの間にか祈るように手を組んでいるおれたちを置いて、ソロが1《ワン》フレーズ流れたその時。

「これって、もしかして……！」

吾妻のベースソロからまず聴こえてきたのは、『The Jazz Police』のメロディ。

1《ワン》フレーズ演奏すると、次は今日の2曲目『High Maintenance』の1《ワン》フレーズに移行して。

さらに3曲目『A Few Good Men』、4曲目『Nutville』、5曲目『Keep the Customer Satisfied』へと歩みを進めて行く。

「すっげえ……！」

……吾妻は、今日演奏してきた曲たちを順番にメドレーにして演奏していたのだ。

「『Message For You』って、そういう……！」

堂々とした笑顔で吾妻がつむぐ音楽は、『THANK YOU ALL』を、改めてなぞっていく。

そして、一瞬こちらに目配せして笑ったかと思うと、セットリストの最後の曲であるはずの、『L-O-V-E』を弾き終えたあとに、

「ゆりすけ……！」

その指は、たしかに、バンドａｍａｎｅの初めての曲『平日』を演奏した。

「ありがとう、由莉……！」

『これまでの高校生活は、青春は、全部、今日のこの舞台のためにあったんだと思います』

吾妻は、吾妻にとっての『青春の全部』の中に、バンドａｍａｎｅの存在をしっかりと含めてくれていたのだ。

……だけど、これは、やっぱり器楽部の演奏会である。

涙目になっているおれたちを姉みたいな笑顔で優しく撫《な》でた後、最後に、『Dancing Men』のメロディを奏でながら、ドラマーに目配せをする。

ドラマーが再度カウントをしわがれた声で叫び、吾妻を見つめていた他の楽器隊が一斉に戻ってくる。

そこからはまるでお祭りのようだった。最後のダンスに全身が震えていた。

さっきまで陽気に聴こえていたはずのメロディから、『寂しい』があふれ出て来る。

おれは、これ以上に幸せな『寂しい』を目の当たりにしたことがあっただろうか。

だって、その『寂しい』は。

これまでの日々が楽しくなければ、これまでの日々が大好きじゃなければ、決して生まれ得ない『寂しい』なんだから。

全員が目を赤くしながら、それでも笑顔で、演奏を続けていき。

「ううう……！」

最後のフレーズが終わり。

そして、いよいよ、最後のロングトーンが強く、強く、鳴り響く。

その、耳をつんざくようなロングトーンは、これまで演奏したどの曲とも比にならないくらいに。

長く、長く、長く、長く。

金切り声をあげて響いていく。

「そんなに吹いたら酸欠になっちゃう……！」

沙子が、それでも、『その意味』を受け取って、涙声でそう言った。

つられて、おれの視界まで再び、どんどんぼやけていく。

「終わりたく、ないよね……！」

市川のうるんだ声がした。

だって、この音が終わる瞬間が、このメンバーでの演奏の終わりになるのだから。

もうきっと、二度とこのメンバーで演奏することはないのだから。

その嗚咽《おえつ》にも似たロングトーンに呼応するように、

「「「「わああああああああ!!」」」」

会場中が喝采であふれかえった。

体育館にある全ての感情がたった一つに収束されて行く。

やがて、涙で顔をぐしゃぐしゃにした吾妻が、だけど、笑顔で、叫ぶ。

「器楽部！　最後！　死ぬ気で鳴らそう！」

その声を合図にビッグバンドの全員がわずかにうなずく。

ドラマーが、名残惜しむように、だけど畳み掛けるように、無造作に叩きまくり、そして一度、強く、大きく、スネアドラムを打った。

それに合わせて。

吾妻がベースのネックを持ったまま左腕をあげる。

部員全員が吾妻を見た次の瞬間。

吾妻がその左腕を振り下ろすと同時。

バァン!!

と、最後の音が、まるで大輪の花火のように、綺麗《きれい》に弾《はじ》けた。

「ありがとうございました! これが、あたしたちの青春そのものです!」

喝采が鳴り響く。歓声、拍手、指笛。

その全てに照らされて、吾妻は、器楽部員は嬉《うれ》しそうに笑っていた。

「……小沼くん、沙子さん」

「ん……?」

そんな中、涙声が横から聞こえる。

「……私たち、絶対に頑張ろうね」

「……そうだね」

「……おう」

amaneの演奏部隊は、決意を新たにした。


そして、ついに、学園祭ロックオンが始まる。

前回は準備が間に合わなかった1年生も含めて、色々なバンドが数曲ずつ演奏して、トリの一つ前のバンドの出番になった。

……そのバンドの名は。

「こんにちは、チェリーボーイズです！」

「「「おおおおおお!!」」」

壇上に上がった間がライブの開始を宣言すると、会場がそれに呼応する。

盛り上がる観客に間は満足そうにうなずいて、

「それでは、早速聞いてください！　曲は!?」

そう言ってマイクをこちらに向けてくる。

え、何、こっちに聞いてくるパターン？

「「「スピッツで『チェリー』！」」」

そうみんなが叫ぶと、ドラムのフレーズから『チェリー』が始まった。

……いや、ていうか、ファンの統率力やばいな。練習とかしたのか……？　そんでまた『チエリー』やるの？　バンド名的にそれしか出来ないのかな……。

彼らの『チェリー』はやっぱり前回よりもレベルアップしていて、しばらく聴き入っていたのだが、やがて、一つの疑問が芽生えてきた。

「あいつら、今回も一曲だけやるのか……？　学園祭の持ち時間って20分あるんじゃないっけ？」

「それ、私も思ってたんだよね……」

横に立っていた市川が部長の顔をして同調する。

二人して首をかしげていると、『チェリー』の演奏が終わった。

「「「わああああああ!!」」」

7月ロックオンの比じゃないほどの歓声にまぎれて、沙子がほっと胸をなでおろしていた。

「……さこはす、前回告られてたもんね」

吾妻が困り笑いを見せる。それでも会場から出ずに、しっかりと見届けようとするところが、沙子の誠実なところだと思った。

……と、その時。とあることに気づく。

「あれ、英里奈さん、いなくない？」

「英里奈ちゃん？　ほんとだ……」

マネージャーなのかってくらいに甲斐甲斐《かいがい》しく働いていたバンドのライブを観《み》られてないなんて、何かあったのだろうか？

キョロキョロと見回すも、見つからない。

そうこうしていると、壇上の間がMCを再開した。

「ここで、ゲストボーカルを呼びます！」

って、あれ、もしかして……!?

「ゲストは、おれらチェリーボーイズのマネージャー！　エリナだー！」

「「「ええっ」」!?」」

amaneメンバー四人の声が重なる。ていうか本当にマネージャーだったのか。

「「「おおおおおおおお!!」」」

やけに雄々しい歓声に迎えられ、英里奈さんが舞台袖から出てきた。

「えっへへぇー、えりなでぇーす！　一曲歌いまぁーす！」

ていうか本当に男子からの人気すごいんだなあ、英里奈姫……。

でもまあ、あれだけ分けへだてなく笑いかけられ、自然なスキンシップされたら、そりゃあ大体の男は秒で落ちるよな。おれなら瞬で落ちてる。

「そっか、あれ、のど飴《あめ》だったんだ……」

沙子があんぐりと口を開けながらも、合点がいったというようにつぶやく。

のど飴……？

おれは、一瞬首をひねり、そして、膝を打った。

ああ、夏休み終わってからやけに舐《な》めてたやつ……！　歌うから喉のケアしてたってことか。

すごい意識高いな……。

「……いや、それよりもマスクとかした方がよくないか？」

「まあ、英里奈は自分の顔に自信あるからね……」

おれの横で吾妻ねえさんが苦笑する。ああ、隠したくないのね……。

「英里奈ちゃん、何歌うんだろ？」

「それでは聞いてください……」

市川が首をかしげると、いつの間にかギターを肩にかけた間がマイクに向かって告げた。

その曲とは。

「YUIで、『CHE.R.RY』!!」

「その手があったか……！」

おれと吾妻がハモる。チェリーボーイズのチェリー縛りの抜け穴に妙な興奮を覚えていた。

ギターフレーズから曲が始まり、さらに。

「間、ちゃんと練習したんだ……」

前回のロックオンではピンボーカルだった間が、伴奏のギターをしっかりと弾いていた。たしかに、英里奈さんが歌うならやることないもんな。

それにしても、ダンス部もやっててよくやるな、と、今日二度目の感銘を受ける。

イントロが終わり、英里奈さんが歌い始める。

「わあ……！」

市川が感嘆の声をあげる。

「……英里奈は、うまいよ」

初めて聴く英里奈さんの歌は、沙子が0・数ミリのドヤ顔で言ってくる通り、想像以上に良かった。音感があるし、声も曲によく合っている。

そして、何より。

この曲は、まだ明かされていない片思いの曲だ。

微《かす》かに切なくも甘酸っぱいメロディに、英里奈さんの感情がそのまま乗っかって、華やかな響きとなってフロアへと届いてくる。

音楽の原動力はやっぱり感情なんだな、とありきたりなことを改めて感じながら聴き入っているうちに、曲は1番のサビ、2番Aメロ、Bメロ、サビと進み、そして、Cメロが終わる。

少し静かになり、サビのメロディでフレーズを歌ったあと。

『最後のサビの一行目』を歌いながら、

「おお……!?」

英里奈さんは一歩動いて、間の前に立つ。

その首元のネクタイを掴《つか》んで、ぐいっと、自分の目の前、触れそうなほど引き寄せる。

そして、ニタァっと、小悪魔の顔で歌うのだった。

「『たぶん、気づいているでしょう?』」

艶《つや》っぽく蠱惑的《こわくてき》な笑みは、会場の一番後ろのおれの目までも釘付《くぎづ》けにするほど、とびっきりに魅力的だった。

それを至近距離で見ている間は……。

「あう、あう、あ、あ……」

顔を真っ赤にして、サビ前の歌詞みたいなものを口からこぼすばかりだった。

せっかく練習したのであろうギターもおろそかになってしまった間からパッと手を放した英里奈さんは、再び前を向いて続きを歌う。

『えりなは、何をどうしても、ケンジの特別になるんだ』

『こんな状況なんだったら、「恋」的にも「愛」的にも、ケンジがえりなのことを好きになるのが一番じゃない？』

英里奈さんは、あんな風に見えて、でもきっと、誰よりも色々なことを考えていて。

そんな彼女の一世一代の『告白』に、おれは、

「かっこよすぎだろ……！」

感心も感銘も通り越して、もはや誇らしく思っていた。

恋に、愛に、一生懸命な悪魔の歌うラブソングは、会場中をどんどん虜《とりこ》にしていく。

「英里奈、最高！」

聞き慣れた声の聞き慣れないトーンに横を見てみると、腹を抱えて笑う沙子の姿がそこには

あって。

「英里奈ちゃん、そっか、そうなんだ……」

「英里奈は本当に強いなあ……」

市川が神妙にうなずき、吾妻が微笑む。

幸福感に包まれた中、チェリーボーイズのライブが終わる。

「ありがとぉー!!」

相変わらず呆《ほう》けてすっかり腑抜《ふぬ》けてしまった間の代わりに終わりの合図を告げる、まぶしいくらいの意地悪な笑顔に、おれも、あらん限りの力で拍手を送った。

音に乗った思いが交差して、ぶつかって、弾けて、輝いて。

おれたちの学園祭は、その速度を、温度を増していく。

「……次は、私たちの番だね」

そして、学園祭最後の演目、ａｍａｎｅのライブが、いよいよ始まろうとしていた。

Track 12：『あなたのうた』

「天音《あまね》さん、久しぶり」

チェリーボーイズが片付けをしている間、舞台袖でストレッチをしている市川《いちかわ》に、ショートカットでパンツスーツの綺麗《きれい》な女性が声をかけてくる。

その人を視界にとらえた瞬間、市川の顔がパァっと明るくなった。

「有賀《ありが》さん！」

おお、この人が有賀マネージャー……！

「来てくださったんですね！」

「うん、もちろん。ａｍａｎｅの復活は、私の悲願だもの。本当は歌が歌えるようになったその瞬間が観たかったのに……、いまだに悔しい……！」

「そんな、私もあの日にそんなことが出来るとも思ってなかったので……」

歯ぎしりする有賀さんを、ハの字眉をした市川がなだめる。どうやらクールそうな見た目に反して、結構感情がストレートに出やすいタイプらしい。

「それで、こちらのお二人が、今一緒にやってる方々？」

「はい！」

有賀さんと目が合って、二人して、軽く会釈する。

「あ、えっと……ドラムを叩《たた》いている、小沼《おぬま》です」

「ベースの、波須《はす》です」

「そっか……、じゃ、あなたが、波須さんの娘さんなんだ」

おれが大人との会話に緊張していると、沙子《さこ》を見て、有賀さんがそう言った。

「パ……父を知ってるんですか」

さこはす、今、パパって言いかけた？

「うん、天音さんが復活したことは、波須さんのお父さんから聞いたの」

「え、沙子さんのお父さんから……⁉」

市川が目を見開く。

「うん、波須さんのお父さん、音楽ライターだから、以前から付き合いがあるの。この間仕事で会った時に、『うちの娘がａｍａｎｅのベースを弾いているらしいんだ』って教わって。あ、ａｍａｎｅの活動休止について書いたのも、波須さんだよ」

「そうだったんですね……」

「沙子、知ってたのか？」

おれが尋ねると、沙子はそっと首を横に振る。

「父親が音楽ライターなのはもちろん知ってたけど、市川さんのマネージャーとつながってるなんて知らなかった。父親もなんも言ってなかったし……」

「そうなんだ……」

沙子のお父さんは音楽オタクだとは思っていたけど、それを仕事にしてたんだな……。色々なところがつながっているもんだな……。

「まあ、とにかく！　今日、また天音さんが歌ってるの観られるのを、楽しみにしてるから」

有賀さんがパンと手を叩く。

「今日の演奏次第では、再デビューのオファーをさせてもらえるかもしれないし。ね？」

「……はい！」

市川は、笑顔でうなずく。

そっか、それ、本当なんだ……！　『再デビュー』の言葉に、おれの興奮は一気に最高潮になった。

「じゃ、頑張って！」

ひらひらと手を振って去っていく有賀さんとちょうど入れ替わりで、トイレに行っていた吾《あ》妻《ずま》が戻ってくる。

「どうしたの？　あの綺麗な人は誰？」

「ａｍａｎｅの元マネージャーさんだって！」

「小沼、声でかいな……！　どうしたの？」

吾妻が姉みたいに笑って尋ねてくれる。

「やっぱり、今日の演奏がよければａｍａｎｅが復活するって！」

「まじ⁉」

ない。

「まじ!!」

吾妻が歓喜に目を見開いて、おれの手を取って飛び跳ねる。おれも笑顔になるのを止められない。

「ちょっと、二人とも、声が大きいよ……！」

困ったように、でも嬉《うれ》しそうに、市川がおれたちをなだめる。

「小沼、さこはす、ちゃんと、天音を支えてあげてね」

それでも興奮冷めやらぬ吾妻が、おれと沙子の手をそれぞれ掴んで、エネルギーを注入するようにぎゅっと握りながら振った。

「任せて。うちが、もう一度ａｍａｎｅをデビューさせてみせる」

「お、気合い入ってるね？」

「当たり前じゃん」

沙子は口角０・数ミリだけニヤッと笑ってから真剣な顔になった。

「……応援するって、決めたんだもん」

「……そっか」

吾妻がそっと、うなずく。

「たくとくんたち、えりなたち片付け終わったよぉー？」

とうとう、おれたちの出番の時間になった。

「それじゃ、円陣だね！」

そう言って市川は、右手を差し出す。市川さん、円陣、好きだね……！

「私は、大切な気持ちを、ちゃんと伝えるために」

「あたしは、ａｍａｎｅを最高のバンドにするために」

「うちは、大切な人たちの背中を押すために」

右手を出した三人に見られて、おれは、そっとつぶやく。

「おれは、」

ふう、と息をついて、そっと右手を重ねた。

「……憧れに並び立つために」

おれの言葉に、市川が真顔でうなずく。

「よし、じゃあ、やりますか！」

「「「おー！」」」

市川の号令で、おれたちは、心を合わせた。


ステージに上がると、観客が拍手と歓声を送ってくれる。

「ａｍａｎｅ、待ってました！」「ロックオンでやってた曲やってー！」

ａｍａｎｅを目当てにしてここに来てくれている人もいるということに驚く。

……そっか、あの日のライブが、おれたちをここに連れてきてくれたんだ。

楽器を接続し、市川と沙子がこちらを振り返り、準備完了の合図をくれた。

最初の曲は、沙子のアイデアのもと、

「１《ワン》、２《ツー》、３《スリー》、４《フォー》……」

おれのカウントと共にアコースティックギターのイントロが始まる。

２小節後、おれと沙子が視線を合わせて入ると、

「こんにちは、ａｍａｎｅです！」

「「わー!!」」

「始まりの曲です！　聴いてください！　『平日』！」

伴奏付きのＭＣが観客を盛り上げて、そして。

「『目覚まし時計に追われて家を出た』」

いよいよ、おれたちのライブが幕を開けた。

＊＊＊

『平日』

目覚まし時計に追われて家を出た　革靴は足にひっかけたまんま
チャイムと同時に教室に飛び込んだ　寝癖をクラスのみんなに笑われた
憂鬱なはずの起床　窮屈なはずの電車　面倒なはずの学校が　なんでだろう

教室の時計　西へと進む太陽　カレンダーは36分《ぶん》のいくつ
平坦《へいたん》で　平凡なくせに　全然平和じゃない　私の平日

机の下を走る秘密のメッセージ　つい「えっ？」て声をあげて叱られて
4限で指された私の代わりに　お腹《なか》がぐう、と答えてまた笑われた

退屈なはずの授業　困難なはずの勉強　面倒なはずの学校が　なんでだろう
教室変わり　半袖で水鉄砲　カーディガン　黒いコートに雪の結晶
平坦で　平凡なくせに　全然平和じゃない　私の平日

下校道　電車を何回も見送って　ホームで日が暮れるのを見ていた
帰りの電車　今日を振り返ったら　変だな、私　明日も続くのに
厄介なはずの下校　窮屈なはずの電車　面倒なはずの学校が　なんでだろう

＊＊＊

『青春は一秒たりとも待ってくれないんだよ？』

あの日の、吾妻の真剣な表情が思い出された。

今日の器楽部の公演で、吾妻が『わたしのうた』でも『キョウソウ』でもなく、この曲を選んだ理由。

『そして、そんなイベントの隙間に挟まれた、忘れてしまいそうな、だけど愛《いと》しい「平日」が、抱えきれないほどあります』

それはきっと、『THANK YOU ALL』のあとに『平日』をつなげて。

『すべての特別な日、そして、すべてのありふれた日々に感謝を込めて』

そんな、吾妻なりのメッセージだったのだろう。

不意に、最前列に立つ吾妻と目が合う。

すると彼女は、かっこよく笑って、おれに向かって拳を向けてくる。

おれが『ん？』と眉をひそめて首をかしげると、吾妻は口を動かす。

読心術も読唇術もおれには使えないけれど。

「これは、」

その唇は、たしかに、こう言っていた。

「あたしたちのうた、だよ」

＊＊＊

ねえ　なんでだろう?
「楽しい」が大きくなっていくほど　「切ない」も育っていく
割り勘のアイス　机の落書き　「おはよ」の挨拶
あと何回くらい　なんて　数えかけてやめた

なんでだろう?
最後の春がやってくる前に　答えは分かるのかな
夕暮れのベンチ　帰りのコンビニ　「またね」の挨拶
あと何秒くらい　あなたの横顔を見れるのかな

平気なふりして　また笑ってみせた　たった一つだけの　私の平日

＊＊＊

最初の曲の最後の音が鳴り、喝采が会場を満たす。

その中で、吾妻は優しく、姉みたいな顔で笑っておれたちのことを見ていた。

ライトアップされた舞台の光で、その瞳は輝いているみたいに見えた。

「ありがとうございます!」

吾妻の表情の真意をつかむ暇もなく、ＭＣが始まる。

「はじめましての方ははじめまして！　改めまして、ａｍａｎｅです！」

会場が拍手を返してくれる。

「可愛《かわい》いー！」「声きれい！」「この学校の女子のレベルの高さはなんなんだ……？」

……校外のお客さんが至極真っ当なことを言っているのも耳に入ってきた。

「えっと……、次の曲は、前回のロックオンのアンコールで演奏した曲です」

客席から「あれ好きー！」「やったー！」と、喜びの声があがる。

「この曲については……そんなに話すことはないから、やっちゃおっか？」

そう言って市川はハの字眉で、おれと沙子の方を振り返る。

すると、沙子が、小さく手を挙げた。

「ちょっといい」

「ん？　沙子さん、話すの？」

市川の質問に、こくり、とうなずいた。

「へえ……！　あ、どうぞどうぞ」

市川が驚きからか、なんだか変な話し方をして、沙子に手を差し出した。

コーラス用のマイクに沙子が声を吹き込む。

「えっと、ちょっと、ここで一つ、伝えておきたいことがあって」

沙子は、実はそこまで口数が少ないわけではないのだが、無口だと思われているところがあり、会場が「沙子様がお話してるよ」「ほんとだ」と、少しざわつく。

「……うちは少し前に、嫉妬とか悔しさとかで頭がぐちゃぐちゃになってたことがあって。それで、髪の毛もこんな色になっちゃったんだけど……」

観客が笑うが、沙子は何が面白かったのかよく分からなかったみたいで、0・数ミリ顔をしかめて首をかしげてから、続けた。

「それで、散々当たり散らして、迷惑かけて、人を傷つけて、もう、うちには出来ることも、していいと許されたことも、何一つなくなったと思ったんです。でも、この曲を聴いて、もしかしたら、」

自分の右手の指をグーパーして、まじまじと見つめる。

「……こんなこと言ったら都合が良いかもしれないけど。悪い感情で生み出されたものでも、それでも、一生懸命やり直すことが出来たら、それも、『よかったこと』に出来るのかもしれないって、思いました。……そして、それを『よかったこと』にするのが、人を傷つけてしまった人間の責任だとも、思いました」

『ねえ、拓人《たくと》？　うち、やっと……、奪うんじゃなくて、あげることが出来たよ？』

「何も持ってないうちだけど、それでも少しだけ、出来たことがあるから。それはもしかしたら、うちじゃない誰かにも出来たことだけど、それをうちが出来たことを誇りに思ってる」

そして沙子は、市川に向き直った。

「……天音」

「あまね……？」

市川が驚いたように、だけど、しゃんと背筋を伸ばして、沙子と向かい合う。

「……この曲を作ってくれて、本当にありがとう」

そう言う沙子ははっきりと口角を上げて、微笑《ほほえ》んでいた。

「あなたが、いてくれてよかった。そこにいたのが……あなたで、良かった」

「沙子、さん……！」

市川が瞳をうるませる。

会場が、「なんの話？」と首をかしげる中、市川が微笑みながら目尻を軽く拭って、マイクに向き直った。

「あー、いきなり泣かされるんだもんなあ……」

市川は呼吸を整えるように、深呼吸をして。

「えへへ、みなさん、ごめんなさい。……うちのベーシストは、ちょっと向こう見ずなところがあって……」

そして、しっかりとした声になる。

「でも、誰よりも優しくて、誰よりも強くて、最高にかっこいい人なんです。そんな、私の大切な人たちと一緒に演奏します。『わたしのうた』」

＊＊＊

『わたしのうた』

ねえ　自分にしか出来ないことなんて　たった一つでもあるのかな
教室のすみっこ　黙って座ってる　おりこうなだけの私
ねえ　かけがえのない存在なんて　たった一つでもあるのかな
遠い街に住む運命の人を　私は知らないままかもしれない

何にも持ってないから自信がなくて
自信がないから勇気がなくて
「そばにいて」だなんて　そんなこと言えはしないまま

＊＊＊

『拓人、うちは本当に、何にも持ってない。ゆりすけみたいな歌詞も書けないし、英里奈《えりな》みたいに中身も外身も可愛くないし、市川さんみたいに拓人が何百回も聴くような曲も作れない。……だけど』

演奏しながら、花火大会の日の沙子の言葉が脳裏で同時に再生される。

『拓人のそばにずっといたい。誰よりも先に、誰よりも強く、そう思ってる』

＊＊＊

痛みとか傷を避《さ》けて歩いてたら
いつの間にか　大切なものから遠ざかった
それはきっと　本当の本当はそこにいたいから

＊＊＊

『ねえ、これで拓人は、「憧れ」に届くかな』
これまで、沙子にもらったもの、その一つ一つに、おれは深く頭を下げる。

＊＊＊

苦しいことばかりで　届かないことばかりで
今日を投げ出したくもなるけど
何者にもなれない　70億分《ぶん》の私を
「いてくれてよかった」と言ってくれる人に　いつか出会えるかもしれない

＊＊＊

原曲ではストリングスとギターソロが織りなす間奏パートだが。

『ここを、うちに弾かせて欲しい』

市川の笑顔に後押しされるように、沙子は、胸を張ってベースソロを弾き始めた。

歌詞のついていないそのベースソロは、それでも他のどんな言葉よりも雄弁に彼女の感情を語る。

それに気付いたおれの口角は上がり、同時に視界がどんどんぼやけていくのを感じた。

……そっか。沙子は、やっと、自分を肯定できたんだ。

＊＊＊

ねえ　自分にしか出来ないことなんて　たった一つでもあるのかな
本当はきっと　そんなこと　どうだってよかったんだ

もしも私がここに立ってることで
息を吸ったことで　笑ったことで　泣いたことで　歌ったことで
生まれたものがあるのなら
それがどんなに小さなものだっていい
勲章みたいに　誇りみたいに
とびきりの笑顔でかかげて生きていよう

これが　わたしのうた

＊＊＊

……やっぱり、この曲に、おれは弱いらしい。

むちゃくちゃにシンバルを叩《たた》く。バスドラを踏む。

何度ピントを合わせようとしてもぼやけてしまう視界の中、シンバルの音を一つ、丁寧に、一番近くにいる人にしっかりと届くように叩いた。

「ありがとうございます！」

「「わあああああああああ!!」」

いつの間にか人気曲になっているらしい『わたしのうた』の演奏に、会場が沸く。

良かった……と、気を抜きかけるが、まだ、ライブは終わらない。

汗をぬぐって、市川がMCを続ける。

「えーっと、時が経《た》つのは早いもので……次が、最後の曲です！」

「「えええー!!」」

定番の、最後の曲でがっかりする流れのやつだ。みんなノリいいな……。

「……前回のロックオンから、色々なことがありました」

市川は、そう切り出した。

「『ａｍａｎｅ』は、曲が書けなくなったり、詞が書けなくなったり……ケンカしたり、仲直りしたり、背中を押したり、背中を叩かれたり……」

たった2ヶ月の間に、本当に色々なことがあったと思う。

それこそ、列挙していったら持ち時間なんか、全部余裕で使ってしまうくらいの。

時計を見てみると、持ち時間はあと、5分強。

……ちょうど、残り一曲分だ。

「でも、それを全部、全部乗り越えて、やっと出来上がった曲があります」

そして、市川天音は、不敵に、無敵に、言い放つ。

「そのすべてを込めて、歌います。『キョウソウ』という曲です」

＊＊＊

『キョウソウ』

靴紐《くつひも》がほどけて　踏んで　転んで　うずくまって動けなくなってしまった

それは多分　擦りむいたからじゃなくて　擦りむく痛みを知ったから

再開に怯《おび》えて　拗《す》ねて　いじけて　ふてているうちに遠くまで行ってしまった

憧れには　手も足も届かなくて　気づけば私は最下位だ

リタイアしかけたその時　どこかから力強い音が聴こえた
リズムを刻み　ビートを叩くその音の正体は
自分の心臓の鼓動だった

自信なんかないけど　定義すら分からないけど
必ずたどり着くって　今　決めた
待ったりなんかしないで
すぐにそこまで行くから

息が上がりそうなその時　どこかから力強い音が聴こえた
花火みたいな　ドラムみたいなその音の正体は
あなたにもらった言葉だった

＊＊＊

『「憧れに手を伸ばす」んだったら、これくらい本気でいかないと、だよ？』
あの花火大会の日の、沙子のうるんだ声がよみがえる。

積み重ねた日々すべてをなげうって、沙子はおれの背中を押してくれた。

＊＊＊

下手かも知れないけど　届くかは分からないけど
必ずたどり着くって　もう決めた
待ったりなんかしないで
すぐにその先へ行くから

＊＊＊

ここから、曲はクライマックスだ。

……最後の歌詞なら、もう、吾妻から受け取っている。

それは、吾妻の器楽部の公演のあの言葉。

『あたしのバンドメンバー全員に一つだけ、覚えておいて欲しい言葉を言わせてください』

吾妻は「分かってるよね？」と口角を上げておれたちのことを見ていた。

＊＊＊

さよなら　拗ねていた私
さよなら　いじけてた私

さよなら　怖がってた私
さよなら　負けていた私

＊＊＊

間違えた過去だっていい、失敗した過去だっていい、立ち止まった過去だっていい。

どんな過去だって、それがあるからこそ、おれたちは未来へ向かうことが出来る。

だからこそ、最後の1《ワン》フレーズは、これまでのすべてを肯定する魔法の言葉で。

＊＊＊

あなたたちがいてくれてよかった
私は　今日までの全部と一緒にこの曲を奏でるよ

吾妻にもらった言葉を胸に、おれは、一息にシンバルを叩きまくった。

ベースがうねり、ギターが掻《か》き鳴《な》らされ。

四人の目線が交差した、その瞬間。

ダン!!　と、最後の一音を鳴らし、おれは立ち上がる。

「ありがとうございました！　ａｍａｎｅでした！」

「「わあああああああああああああ!!」」

拍手が鳴り響き、鳴り止《や》まない。

「ふうー……」

……さて、ここから、どうなるか。

沙子が、ペットボトルの水を飲んだ。市川が汗をぬぐいながら、息を整える。

その様子を見ながら、おれは、先週、セットリストを決めた時の会話を思い出していた。

＊＊＊

「ねえ、やっぱり4曲やりたくない？　『わたしのうた』も『平日』もどっちかなんて選べないもん」

「でも、持ち時間20分なんでしょ。準備と4曲全部単純に足しても、20分超えちゃうじゃん。3曲とMCが限界でしょ」

「やっぱりそうかなあ……」

市川と沙子が「むー……」と頭を悩ませている時に、おれは思いつきを口にしたのだ。

「時間を短くしないで4曲出来る方法があるだろ」

「「ん……？」」

自信満々に、笑いながら。

「『キョウソウ』を本編の最後に持って来ればいいんだよ」

＊＊＊

頼む、どうか、頼む……！

祈りが通じたのか、やがてその喝采は形を変える。

「「アンコール！　アンコール！」」

……良かった、作戦勝ちだ。

市川がえへへっと笑い、沙子がほっとしたように胸をなでおろす。

……いや、危ない、本当によかった……！

「アンコール、ありがとうございます！」

市川が宣言する。

「あと1曲だけ、歌わせてください」

「「いえーい!!」」

最高潮に盛り上がっている会場に向かって、

「……この曲の歌詞が、ずっと歌えなかったんです」

市川が最後のMCを始めた。

「というか実は、今の今まで、一回も、バンドでは歌えていません」

会場が「どういうこと……？」と少しだけざわめく。

「……私には、勇気がなかったんです。ある時期私は、声を出せなくなって、その時には、仲間がいてくれたおかげで、勇気を持てました。でも、仲間が出来たら、今度はそれを失うのが怖くて、勇気をまた失ってしまいました」

市川はハの字眉で言う。

「そんな、難しいループにはまったら、どうしたらいいのか……」

会場が神妙な顔をしてその話を聞いている。

「その答えは今も全然出ていません。これからすることが正しいのかも、分かりません。それでも、一つだけ決めました」

市川は、ａｍａｎｅの顔になった。

「……私はもう、自分の気持ちに嘘《うそ》はつかない」

そして、一度、深呼吸をする。

「歌うべきことじゃなく、歌いたいことを歌うことにします」

そして、そっとこちらに振り返った。

「……私、歌うからね」

そう、肉声で言われて、おれと沙子は、しっかりとうなずきを返す。

「それでは、聴いてください」

そして、すぅー……っと息を吸って、その曲名を宣言する。

「……『あなたのうた』」

＊＊＊

『あなたのうた』

校庭に石灰で引いたみたいな飛行機雲をたどって
二人分の足音を鳴らす帰り道

何を考えてるんだろう？
いつもどこか上の空で　不器用なあいづちばかり

これがなんていう気持ちかは分からないけど
ただ　ずっと踏切につかなければいいのに
信号渡ってほんの数メートル
道のりの終わりを告げる警報灯

通り過ぎようとする電車が少しだけ猶予《ゆうよ》をくれたのに
逆光のせいで見えないあなたのその横顔

何を考えてるんだろう？
あなた越しの西の空が　意地悪な紺に溶けてく
これがなんていう気持ちかは分からないけど
ただ　ずっと踏切が開かなければいいのに
電車の音に忍ばせた言葉は
「ただ　あなたがいてくれればよかったのに」

＊＊＊

切々と、だけど、足音を鳴らして進んでいくように。

全部踏みしめて、全部噛《か》みしめて、つむがれていく市川の大事な言葉を、一つ一つとらえて、一つ一つ音にして打ち込む。

沙子は優しく微笑《ほほえ》みながら、その背中を押すように、柔らかなベースラインを奏でていた。

＊＊＊

嬉《うれ》しいも　楽しいも　あなたに出会ってから
苦しいも　切ないも　あなたにもらったから

それでね　わがままだって分かってるけど
寂しいも　幸せも　あなたから欲しい

これがなんていう気持ちかは分かってるけど
ただ一つの想《おも》いに名前なんて付けたくないから
私の持ってるすべてをかけて
たった一人だけのために書いたんだ

＊＊＊

そして、市川天音は大きく息を吸った。

＊＊＊

ねえ　聴いてる?

＊＊＊

バンドが音を止める。会場に静寂が走る。
彼女は一度振り返ってから、おれを見据えて、再度前を向いて。
……大切そうに、最後の1《ワン》フレーズを歌い上げた。

＊＊＊

これは　あなたのうただよ

＊＊＊

静かに、静かに、曲が終わり。

唖然《あぜん》とするおれと、優しく微笑む沙子を置いて、市川は客席に向かって声を上げた。

「ありがとうございました！　ａｍａｎｅでした！」

読解力にとぼしいおれでも分かる。

……これは、ラブソング だ。

誤魔化《ごまか》しようもないほど、まっすぐな、恋の歌だ。

「「「わああああああああああ!!」」」

少し遅れて、爆発しそうな歓声があがり。

学園祭ライブは、ゆっくりと幕を閉じた。

Track 13：ロックンロール

大トリのおれたちの演奏が終わり、早々に観客がはけていく。

片付けを終えたおれたちがステージを降りると、舞台袖で吾妻《あずま》が待っていてくれた。

「天音《あまね》、さこはす、小沼《おぬま》、お疲れ!!」

「おつかれー！」

「……おつかれさま」

「お、おつかれ……！　あのさ、市川《いちかわ》、」

「天音さん!!」

おれが言いかけたその時、感極まった様子の有賀《ありが》さんが声をかけてくる。

そして、市川をぎゅっと抱きしめた。

「有賀さん、ありがとうございます……！」

「よく、頑張ったね……！」

ハグを終えると、市川の肩に手を置いて、満面の笑みで話を続ける。

「これなら、文句なしで、再デビューできる！」

「「おお……!!」」

おれはさっきまでの疑問もいったん吹き飛び、歓《よろこ》びで胸が張り裂けそうになる。隣では、吾妻も満面の笑みを見せていた。

「アンコールの一個前の曲が良かった！　『キョウソウ』だっけ？　再始動にあんなにぴったりな曲もないでしょ？」

熱っぽく有賀さんは話しつづける。

「『キョウソウ』を、まずは一曲だけ配信限定で発売しましょう！　それからそれから……」

勢いが止まらない有賀さんに、市川が小さく、挙手した。

「あの、有賀さん」

「ん？　なになに？」

有賀さんは目を輝かせたまま市川を見る。

「『キョウソウ』を作ったのは、私じゃないんです」

「……え？」

だが、その輝きは市川の告白によって、しゅん、と失われてしまった。

「どういうこと、かしら……？」

眉間にしわを寄せる有賀さんに、市川は一息に告げる。

「あの曲は、小沼くんが作曲をして、そこにいる由莉《ゆり》が作詞をした曲なんです」

「そう、なの……？」

有賀さんが驚いた顔をしてこちらを見るので、なんとなく目をそらしてしまう。

その沈黙を肯定と取ったらしい。

「……なるほど。でも、それだと、なあ……」

有賀さんは困ったように頭を抱えてから、短くため息をつく。

そして、お辞儀をして顔を上げ、はっきりと宣告した。

「……ごめんなさい。それなら、デビューは出来ない」

「え……!?」

吾妻が顔をゆがめる。

「この二人が作った曲じゃだめなんですか」

沙子が横から質問すると、有賀さんは心底申し訳なさそうに告げる。

「うん、それじゃ、だめなの。ａｍａｎｅは『天才シンガーソングライター』だから。自分の言葉で、自分の曲で、自分の思いを歌えるシンガーである必要がある」

「でしたら、『あなたのうた』が、……アンコールの曲が、天音の曲です！　あれは、天音が全部作った曲だから……！」

吾妻が食い下がるも、それにも、そっと首を横に振った。

「……あの曲じゃ、だめ」

「どうしてですか……？」

「だって、あの曲は『たった一人だけのための歌』なんでしょう？」

「「……!!」」

吾妻とおれは同時に息を吞《の》む。

有賀さんは、今日に至る背景も知らない状態で、一度聴いただけで、あの曲の本質を見抜いていた。歌詞に書かれているとはいえ、そう簡単に出来ることじゃないはずだ。

「それに、私は、『キョウソウ』に可能性を感じたの。……残酷だけどね、」

有賀さんは下唇を噛《か》む。

「……曲も歌詞も作れない、歌が上手くて可愛《かわい》い女の子なら、他にいくらでもいるの」

そして、おれと吾妻の方を見て、ゆっくり、深々と頭を下げた。

「……だから、二人に、お願いがあります」

「お願い……？」

戸惑うおれたちに、静かに、だけど、しっかりと、有賀さんは告げた。

「『キョウソウ』を、ａｍａｎｅが作った曲として、発表させてください」


そのあまりに真摯な姿勢に、おれは動揺する。

おれは、『大人』というのはもっと横暴で、乱暴で、強欲だと思っていたから。

「……ゴーストライターって、ことですか？」

「そういうことに、なります」

おれがそっと尋ねると、依然として頭を下げたまま、有賀さんは続けた。

「反則だということは重々承知です。決して、褒められた行動ではないと思います。ただ、それでも、なんとしてでも……」

そして、悔しそうに、苦しそうに、言葉を落とした。

「……私は、ａｍａｎｅにもう一度デビューしてもらいたい」

「有賀さん……！」

「二人からこの曲をもらえない場合には、ａｍａｎｅの再デビューは、見送ることになります」

吾妻が疑問を差し挟む。

「……逆に、『キョウソウ』をａｍａｎｅ様の曲ってことにしたら、ａｍａｎｅ様は再デビューできるんですか？」

「はい。確実に再デビューさせてみせます。……約束します」

「そう、なんですか……」

なおも深々と下げられた頭を見て、おれは頬《ほお》をかく。

……まったく。この有賀さんという人は、物事を重くとらえすぎているらしい。

もともと、おれの曲はａｍａｎｅのものとして作っているし、それは吾妻も同じだろう。

だから、本当は何も変わりはしないのだ。

6月のあの日、おれが一番最初に市川に出した条件は、二つ。

『おれが作った曲だとは、ずっと言わないで欲しい』

『いつかａｍａｎｅの曲を、ａｍａｎｅの声で聴かせて欲しい』

この方法なら、そのどちらにも適《かな》って、おれにとっても、市川にとっても、すべての願いが叶《かな》う。

そもそもおれは、自分が曲を作っていることなんか、誰にも言ってなかったし、言いたくもなかったんだから。

それにしても、本当に、すごいことだと思う。

考えれば考えるほど、なんて完璧な結末だろう。

おれが作った曲をａｍａｎｅが歌ってくれて、それがａｍａｎｅの曲として日本中に、世界中に、響き渡るなんて。

最高すぎる。夢にも思わなかった、夢のような成果だ。

ああ、本当にこんなことがあるんだな。

おれは『やれやれ』と笑顔を浮かべて、心の中で、つぶやくのだった。

宅録ぼっちのおれが、あの天才美少女のゴーストライターになるなんて。

「……そんなの、嫌です」

気付いたら、そう、声が漏れていた。

「小沼……!?」

……おい、おれは、何を言っている？

「……そんなの、嫌です」

今のでキレイに締めておけよ。

「拓人《たくと》……！」

ここで笑ってうなずけば、ａｍａｎｅは、またデビューできる。そしたら、おれはまたａｍａｎｅの演奏を聴くことが出来るんだ。

どんな曲が生まれるんだろう？

プロのミュージシャンたちに囲まれて、最高の録音環境でレコーディングされた、おれの大好きな音楽が、また聴ける。もっとたくさんの曲が聴けるんだ。

ライブもやるかもしれない。客席から手放しで観《み》るａｍａｎｅの演奏はどんなだろうか？

ワクワクする、ドキドキする。

楽しみだし、嬉《うれ》しい。

……だけど。

だけど、もう、自分の心に嘘《うそ》はつけない。

だって、おれの本当の気持ちが、それは嫌だって叫んでいる。

「……この曲は、おれが作った曲なんです」

「おれが……小沼拓人が作った曲に、吾妻由莉が歌詞をあてて、そこに波須沙子《はすさこ》がベースを弾いてアレンジをして、市川天音がギターを弾いて歌って、それで、初めてこの曲になるんです」

もう、止まらなくなる。

「他の誰にも渡すわけにはいかない、おれたちの、おれたちだけの音楽なんです」

すぅー……っと息を吸う。

「……だから、その提案には乗れません」

おれがそう伝えると、有賀さんは頭をあげて、おれの目をじっと見る。

「それで、amaneがもうデビューできないとしても？」

「……はい」

……もう、迷わない。

しっかりと、きっぱりと、うなずきを返した。

「……やっぱり、かっこいいなあ、小沼くんは」

すると、市川が微笑《ほほえ》んで、

「有賀さん。私、ようやく、ひとりぼっちじゃなくなったんです」

そう切り出した。

「有賀さんにはまだ伝えられてなかったんですけど、」

そして、おれなんかよりも何倍も毅然《きぜん》とした態度で、かっこよく笑う。

「小沼くん……！」

「シンガーソングライターａｍａｎｅは、もうこの世に存在しないんです」

「どういうこと……？」

「ａｍａｎｅっていうのは、私たちの、私たちにしか出来ない、このバンドの名前なんです」

その言葉に、有賀さんが目を見開く。

「シンガーソングライターａｍａｎｅは、もう、二度とデビューしません。バンドａｍａｎｅとしてしか、デビューは考えられません」

そこまで聞くと、

「芯の強さは、変わんないなあ……」

有賀さんはあきれたように笑った。

「……分かりました。それじゃあ、一つ、テストをさせて」

そして彼女は、新しい提案をする。

「テスト……ですか？」

「そう。あなたたちがａｍａｎｅというバンドとしてデビュー出来るかを測る、テスト」

突然何を言いだすんだろう……？

戸惑うおれを、有賀さんはじっと見つめてくる。

「……小沼君に、質問」

「は、はい……！」

「あなたにとって、市川天音は、なに？」

「はい……？」

突然の質問に、つい、眉をひそめる。

「答え次第では、あなたたちをバンドとしてデビューさせられるかもしれないし、答え次第では、デビューさせられない」

有賀さんは、おれの目を見据えたまま、ルールを簡潔に説明してくれた。

なるほど、これが、テストか。

この答え次第では、ａｍａｎｅが、バンドとしてデビューすることが出来るらしい。

さて、何を答えるのが正解だろうか？

……いや、違う。

『歌うべきことじゃなく、歌いたいことを歌うことにします』

言うべきことじゃない。おれが、何を答えたいか、それだけだ。

それならおれは、ずっと前から抱えていて、やっと自覚できた答えを返すまでだ。

「ａｍａｎｅは……おれの、憧れです」

「小沼くん……！」

「憧れで、おれにとっての道しるべです。目標です」

それは、おれが花火大会の夜に出した答え。

「おれは、ａｍａｎｅに並び立つ存在になりたいんです」

　そこまで伝えると、有賀さんは、ため息をついた。

「……残念、テストには失格」

　おれの答えにがっかりしたように、話を続ける。

「憧れっていうのは、要するに恋愛感情のことでしょう？　バンド内に恋愛なんかご法度《はっと》。痴情がもつれたら解散することになる。高校生のお遊びバンドだったらどうぞご勝手に、と思うけど、プロにさせるわけにはいかない。リスクが高すぎます」

　有賀さんは、残念そうに、カバンを持った。

「ａｍａｎｅのデビューは私の悲願だったんだけど、でも、仕方ない、か……」

　背中を向ける有賀さんを、

「……まだ、話は終わってません」


　おれは、呼び止めた。

「拓人……？」

「ａｍａｎｅは憧れです。だけど、市川天音は、違うんです」

「はあ……？」

「市川天音は、おれの『憧れ』じゃありません。ただのクラスメイトで、ただのバンドメンバーです」

　有賀さんはきつく、眉間にしわを寄せる。

「……そんな子供だましみたいなことが通用すると思った？　ａｍａｎｅでダメだったけど、『市川天音自身には憧れてないです』って言ったら、バンドとしてデビューできるとでも？」

　にらんでくる有賀さんに、

「いえ、違います」

　おれは、負けじと言葉を返す。

「……なにが違うっていうの？」

　おれは、バンドメンバーたちを見る。

「ごめん、沙子、吾妻」

「拓人……」

「小沼……？」

「……ごめん、市川」

「小沼くん……？」

　彼女たちの瞳が揺れた。

　おれがこれから言うことは、彼女たちを傷つけるかもしれない。

　落胆させて、失望させて、取り返しのつかないことになってしまうかもしれない。

　四人で描いた最高な未来を、つぶすことになるのかもしれない。

……それでもおれは。

本当のことを言わなきゃいけないんだ。

「……結果は、変わらないんです」

「はい……？」


大きく息を吐く。

……ずっと、自信がなかった。

『自分なんて』って、『おれなんか』って、何千回、何万回、思っただろうか。

自分が求められることなんて、自分が与えられるものなんて、ただの一つもないってずっと、ずっと思っていた。

だけど、ある日、求めてくれる人が現れた。頼ってくれる人が現れた。

それに応えて、喜ぶ顔を見たら、なんだか存在を許された気がして、自分をほんの少しだけど肯定できるような気になって。

そんな世界を壊すのが、変えるのが、どうしても怖くて。

『差し伸べられた手を握って、言われたことにうなずいて。頼ってくれた人を助けて、求めてくれた人に求められたものを差し出すだけ』

自分では認められない自分の価値を、誰かに肯定してもらうことで、誰かの役に立つことで、それでなんとか埋め合わせようとしたんだ。

だから、気づくのが怖かった。傷つくのが怖かった。

……望まれもしないのに、望んでしまうのが、怖かった。

『「憧れに手を伸ばす」んだったら、これくらい本気でいかないと、だよ？』

でも、怯《おび》えるのは、もうやめた。

『私はもう、自分の気持ちに嘘はつかない』

もう、自分の気持ちに嘘はつかないって、決めたんだ。

届かなくても、意味がなくても、それでも、もう、逃げない。

もう、誰かのせいにしない。

おれが自分の意思で選ぶんだ。

おれが自分の意思で望むんだ。

それがどんなに無理でも、無駄でも、無謀でも。

それがどんなに愚かでも、分不相応でも。

もしも、誰にも望まれないどころか、誰にも興味を持たれないような、1ミリも影響を与えないような想《おも》いだとしても。

それが、自分の『本当の気持ち』なら。

……おれはそれを叶《かな》えるために、すべてを失ってでも手を伸ばす。

「それでも、おれは、」

吐き出した分、大きく息を吸う。
頭が真っ白になりそうになる。
熱い。喉が痛むくらいに乾いている。
指が震える。目が潤む。
これで、全てが終わってしまうかもしれない。全てが変わってしまうかもしれない。
それでも、口にするんだ。
心の底から望んでいる、その人の名前を。

「おれは、市川天音に、たった一人の特別な人として、恋をしています」

outro：水平線

夕暮れ色で染まった教室のすみっこ。

「びっくりしたなあ……」

机に腰掛けるおれの隣で、市川天音《いちかわあまね》がぽつり、とつぶやく。

「おれの方がびっくりしたわ……」

「あはは、そうなんだ」

市川は楽しそうに笑って、おれを見上げた。

「……でも、本当にかっこよかったよ？」

＊＊＊

「おれは、市川天音に、たった一人の特別な人として、恋をしています」

おれが決死の覚悟で告げた言葉に。

「まじか……！」

有賀《ありが》さんは、なぜか、瞳をきらきらさせて嬉《うれ》しそうに笑っていた。

「あの、有賀さん……？」

「あ、ごめんごめん！」

おれが声をかけると、彼女は顔の前で手を合わせる。

「それじゃあ、テストの結果発表だけど……」

それから、たっぷりとためを作って、

「……もちろん、不合格！」

と、言葉に似つかわしくない無邪気な笑顔で言い放った。

「そう、ですよね……」

分かってはいたし、むしろ合格だったらその方が戸惑ってしまうのだが、『不合格』という言葉の響きに肩を落とす。すると、有賀さんは優しく微笑《ほほえ》みかけてくる。

「だけどね、小沼《おぬま》君。あなたには、人の心を動かす力がある。だから、どうしても、あなたたち四人でデビューしたいのなら、正規のルートでのし上がってきなさい」

「正規のルート……？」

「オーディションとか、ライブハウスでのスカウトとか。とにかく、私のコネを使わずに、ここまできなさい」

ふふっと笑って、おれの肩を叩《たた》いた。

「……きっと、あなたたちなら出来るから」

「有賀さん……！」

「……そして、ゴーストライターの件は、すみません。あなたたちの決意に見合わない、大変失礼な提案をしました」

「いえ、そんな……」

深々と下げた頭を上げた時にはすっかり大人っぽい笑顔になっていて。

「……また会える日を、心から楽しみにしています」

最後に市川と軽くハグを交わして、有賀さんは帰っていった。

「なんか、すごい人だったな……」

「……うん、そうだね」

市川が上気させた頬《ほお》で、うなずく。

ぼーっとその後ろ姿を眺めていると、後ろから少し強めに背中を叩かれた。

振り返ると、吾妻《あずま》が嬉しそうに微笑んでいる。そして、おれの胸にグータッチをしてきた。

「小沼は、ちゃんと『本当』を見つけたんだね」

「……おう」

「拓人《たくと》、」

声のする方を見やると、満面の笑みで、沙子《さこ》は言う。

「やっぱり拓人は、世界一かっこいい！」

＊＊＊

「ねえ、小沼くん」

「ん？」

二人きりの教室で、市川が窓の外を見ながら、しっとりと、呼びかける。

「もう一回、ちゃんと言ってくれないかな?」

「……何をでしょうか」

「……また、ごまかそうとしてる」

いや、ごまかすとかじゃなくて、単純に、照れくさすぎるんだって……。

「私、嬉しかったのに」

……でも、その瞳を見て、どうせ引き返すつもりなんて1ミリもないんだ、と思い直す。


「……おれは、市川天音が、好きなんだ」

「……私も、小沼拓人くんのことが、好きだよ」

おれの言葉に、市川がそう返してくれた。

「それじゃあ、あの曲は、おれに向けてのものだったんだ……」

おれが感激を噛《か》み締《し》めていると。


「…………え?」

隣で、はにかんでいたはずの市川が絶望的な表情になっていた。

「え、うそでしょ？　冗談だよね？　小沼くん、それ、気付いてなかったの？」

「うん？　いや、ラブソングだってことは分かってたよ？」

「それは大前提だよ……？」

うわうわうわうわ……と戦慄するように市川の顔面が蒼白《そうはく》になっていく。

「でも、歌詞に書いてないから相手は誰か分からないじゃん……」

「そんなの、歌詞に書くわけないよね……⁉」

市川は「沙子さんの言う通りだった……」とか言いながら頭を抱えている。何を話したんだ沙子さん……。


「……というか、それで思い出した」

市川が突然拗《す》ねたようにこちらをじろっと見てくる。

「なんでしょう……？」

「……私、全然自覚なかったんだけど、実は結構、独占欲が強いみたいなんだよね」

「はい？」

謎のカミングアウトに、おれは、素っ頓狂な声をあげる。

「本当は、ずーっともやもやしてたんだ、なんで私じゃないんだろうって」

「何が……？」

「これが、だよ」

何を言っているんだろう、と市川を見た瞬間。

「ん……」

その顔が近づき、そっと、一瞬だけ。柔らかい感触が、おれの唇にあてられる。

「いち、かわ……」

すぐに離れたその顔はおれを上目遣いで見上げた。

「……私は、初めて、だから！　小沼くんは、初めてじゃ、ないみたいだけど……？」

その、とがらせた唇に鼓動が高鳴りすぎて、

「……初めてではないけど、」

つい、思ったことを口走る。

「おれが最後に……それを、するのは、市川と、だと、思います……」

少しうつむいた市川の耳が赤くなっていく。

「……そんな大それた約束、しちゃって、大丈夫なの……？」

「大それた約束……？」

何を言われてるのか一瞬理解できず眉根を寄せたおれに、赤い頬を上げた市川が潤んだ目をしてつぶやく。

「『最後に』って、だってそれ、プロポーズみたいだよ……？」

「そ、それはっ……！」

反射的に、ごまかそうとした言葉をぐっと飲み込んで、その目を見つめ直す。

「……でも、それくらいの、覚悟は、してるから」

「そう、なんだ……！」

市川が大きく目を見開く。

「……それじゃあ、さ？」

「ん？」

「『市川』じゃ……ないんじゃない、かな？」

ねだるように見上げてくる彼女の表情に、おれは唾を飲み込んだ。

何を求められているのかは、分かっている。7月のロックオンのあとの、この教室での光景がフラッシュバックした。

意を決して、絶対に声がひっくり返ったりしないよう、すぅー……っと息を吸う。そして。

「……天音」

そう呼んだ途端。

「うへえ……！」

彼女の顔がとろけそうになる。なんだ、その表情、初めて見たんだけど……！

「私、幸せだなあ。こんなに全部もらっちゃって、いいのかな……」

「……まだ、全部じゃない」

嬉しそうにしている彼女に、それでもまだ渡さないといけないものを、おれは、はっきりと自覚していた。

「どういうこと？」

「おれは今日、自分の気持ちのために、ａｍａｎｅの再デビューの未来を奪ったんだ」

それは、市川天音からだけじゃなく、沙子や、吾妻からも。

「奪っただなんて、そんな……」

「だから、」

フォローしてくれようとする彼女の言葉を遮る。

……『正規のルート』とやらの道のりは険しいかもしれない。

それでも、決意は、目標は、夢は、逃げずに口にする。

「おれは、バンドａｍａｎｅでのデビューを、絶対に叶《かな》えてみせる」

「小沼くん……！」

「おれはもう、何一つ、諦めないことにしたから」

……でも、それは一人じゃ為し得《なえ》ないことで。

「だから……天音」

「……はい」

「おれの作った曲を、これからも歌って欲しい」

「……そんなの、当たり前だよ」

彼女は、真剣な顔でうなずいてから、

「私の声も、まだ知らない色んな『初めて』も、未来はもう全部、あなたとだって決めたから」

また、その表情をハの字眉の笑顔に変えて。

大切な1《ワン》フレーズを歌う前のように、すぅーっと息を吸った。

「ね、拓人くん？」

あとがき

こんにちは、石田灯葉《いしだともは》です。本書を手に取っていただき、誠にありがとうございます。

自分の大好きなバンド・フジファブリックの志村正彦《しむらまさひこ》さんが生前、故郷・富士吉田《ふじよしだ》市でのライブにて、アンコール曲『茜色《あかねいろ》の夕日』を歌う前のMCで「この曲を歌うために、僕はずっと頑張ってきたような気がします」とおっしゃっていました。

志村さんがそれまでに乗り越えたものや志村さんの作品と同列かのように語るのは大変おこがましいことですが、それでもその言葉をお借りすると。

この一冊を届けるために、自分はずっと頑張ってきたような気がします。

思えば、『書籍化したい』と思い始めたのも、それを口にし始めたのも、ウェブでこの部分を書いている時でした。『作家になりたい』ではなく、『書籍化したい』だったのも、当時は無意識でしたが、この部分を書籍という形で届けたい、という思いからだったのだと思います。

それくらい、思い入れのある部分です。

今巻にあたる部分は、もともとのウェブ連載版では22万文字程度、つまり文庫本まるまる2冊分程度ありましたが、1冊にまとめるために、かなり凝縮しました。

ウェブ版を読んでくださっていた方からすると、文庫本1冊分お話がなくなっているわけなので、好きなシーンや好きなキャラクターが出てこなかったということもあるかと思います。

ただ、次巻が出るとは限らず、出たとしてあなたに読んでいただけるとも限らない状況において、どうしてもここまでは届けたかったこと、そして何より、バンドａｍａｎｅの面々の覚悟に見合った行動を自分も取りたいと思ったことから、こういった決断に至りました。

目の前のライブに、今の自分のすべてをかけて挑むべきだと、そう思いました。

結果として、濃密で、感情の振れ幅の大きい一冊になったのではないかと思います。

この作品がこれから、どのような評価を受けるかは分かりませんが、この一冊が書けたことを、自分は誇りに思っています。


ところでみなさん！　突然ですが、本作において、ヒロインは誰派でしょうか？

というのも、自分の作品で読者さんに「〇〇派！」と言っていただくのが憧れでして……。

今巻では、天音《あまね》、沙子《さこ》だけではなく、吾妻《あずま》や英里奈《えりな》も頑張っていたので、誰派かもそれなりに分かれるんじゃないか、と勝手に思っているのですが、いかがでしょうか。

よろしければ、なんらかの方法で教えていただけたら嬉《うれ》しいです。

以下、謝辞を述べさせていただきます。

角川スニーカー文庫編集部さま。2巻を出版していただき、作品を届ける機会をもう一度くださり、ありがとうございます。作品で貢献してお返しできるよう、精進します。

担当編集Sさま。良い作品づくりに向けて、いつも心強い味方でいてくださってありがとうございます。先程は『この部分を書くために作家になった』的なことを申し上げましたが、勿論《もちろん》今はその先を見ておりますので、今後より一層良い作品をご一緒出来るよう頑張ります。

イラスト担当の葛坊《くずまち》煽《あおる》さま。今回も素敵なイラストをありがとうございます。葛坊さんの手で、キャラたちが、石田も知らなかったそのキャラらしさを纏《まと》っていくのが、とても嬉しく、楽しく、幸せです。天音がライブだとポニーテールにするというのは大発見でした！

装丁デザインをしてくださったアフターグロウ様、校正者さま、印刷会社さま、担当営業さま。ほか製作に関わってくださった全ての皆様。1巻に引き続き、作品に光をあててくださり、ありがとうございます。

そして、1巻を読んでくださった皆様、ご感想やオススメを投稿してくださった皆様、拡散してくださった皆様。皆様のおかげで2巻を出すことが出来ました。ありがとうございます。

そして何より、今この文章を読んでくださっているあなた。あなたに読んでいただけて、本当に嬉しいです。ありがとうございます。この作品が、あなたにとって少しでも意味のあるものになっていることを、心から願っております。

それでは、またどこかでお目にかかれる日を楽しみにしております。

それまで、どうかお元気で！

石田灯葉

宅録《たくろく》ぼっちのおれが、あの天才美少女《てんさいびしょうじょ》のゴーストライターになるなんて。2

著　石田灯葉《いしだともは》

角川スニーカー文庫　23023

2022年2月1日　初版発行

発行者　青柳昌行

発　行　株式会社KADOKAWA
〒102-8177 東京都千代田区富士見2-13-3
電話　0570-002-301（ナビダイヤル）

印刷所　株式会社暁印刷
製本所　本間製本株式会社

Printed in Japan　ISBN 978-4-04-111615-9　C0193

★ご意見、ご感想をお送りください★

〒102-8177 東京都千代田区富士見 2-13-3
株式会社KADOKAWA　角川スニーカー文庫編集部気付
「石田灯葉」先生
「葛坊煽」先生

角川文庫発刊に際して

角　川　源　義

第二次世界大戦の敗北は、軍事力の敗北であった以上に、私たちの若い文化力の敗退であった。私たちの文化が戦争に対して如何に無力であり、単なるあだ花に過ぎなかったかを、私たちは身を以て体験し痛感した。西洋近代文化の摂取にとって、明治以後八十年の歳月は決して短かすぎたとは言えない。にもかかわらず、近代文化の伝統を確立し、自由な批判と柔軟な良識に富む文化層として自らを形成することに私たちは失敗して来た。そしてこれは、各層への文化の普及滲透を任務とする出版人の責任でもあった。

一九四五年以来、私たちは再び振出しに戻り、第一歩から踏み出すことを余儀なくされた。これは大きな不幸ではあるが、反面、これまでの混沌・未熟・歪曲の中にあった我が国の文化に秩序と確たる基礎を齎らすためには絶好の機会でもある。角川書店は、このような祖国の文化的危機にあたり、微力をも顧みず再建の礎石たるべき抱負と決意とをもって出発したが、ここに創立以来の念願を果すべく角川文庫を発刊する。これまで刊行されたあらゆる全集叢書文庫類の長所と短所とを検討し、古今東西の不朽の典籍を、良心的編集のもとに、廉価に、そして書架にふさわしい美本として、多くのひとびとに提供しようとする。しかし私たちは徒らに百科全書的な知識のジレッタントを作ることを目的とせず、あくまで祖国の文化に秩序と再建への道を示し、この文庫を角川書店の栄ある事業として、今後永久に継続発展せしめ、学芸と教養との殿堂として大成せんことを期したい。多くの読書子の愛情ある忠言と支持とによって、この希望と抱負とを完遂せしめられんことを願う。

一九四九年五月三日